L'extraordinaire voyage du fakir qui était resté coincé dans une armoire Ikea

Romain Puértolas

L'extraordinaire voyage du fakir qui était resté coincé dans une armoire Ikea

Les Éditions Retrouvées

Collection dirigée par Francesca Orlando-Trouvé

Les Éditions Retrouvées, 2018
avec l'autorisation des Éditions le dilettante

ISBN : 978-2-36559-207-9

Pour Léo et Éva, mes plus belles œuvres.
Pour Patricia, mon plus beau voyage.

Au fond j'crois qu'la terre est ronde,
Pour une seule bonne raison...
Après avoir fait l'tour du monde,
Tout c'qu'on veut c'est être à la maison.

Orelsan

Un cœur, c'est un peu comme une grosse armoire.

Ajatashatru Lavash Patel

F

France

Le premier mot que prononça l'Indien Ajatashatru Lavash Patel en arrivant en France fut un mot suédois. Un comble !

Ikea.

Voilà ce qu'il prononça à mi-voix.

Cela dit, il referma la porte de la vieille Mercedes rouge et patienta, les mains posées comme un enfant sage sur ses genoux soyeux.

Le conducteur de taxi, qui n'était pas sûr d'avoir bien entendu, se retourna vers son client, ce qui eut pour effet de faire craquer les petites billes en bois de son couvre-siège.

Il vit sur la banquette arrière de son véhicule un homme d'âge moyen, grand, sec et noueux comme un arbre, le visage mat et barré d'une gigantesque moustache. De petits trous, séquelles d'une acné virulente, parsemaient ses joues creuses. Il avait plusieurs anneaux dans les oreilles et sur les lèvres, comme s'il avait voulu refermer tout cela après usage à la manière d'une fermeture Éclair. Oh, le joli système ! pensa Gustave Palourde, qui vit là un fantastique remède contre les papotages incessants de sa femme.

Le costume en soie grise et brillante de l'homme, sa cravate rouge, qu'il n'avait pas pris la peine de nouer mais d'épingler, et sa chemise blanche, le tout horriblement froissé, témoignaient de nombreuses heures d'avion. Mais étrangement, il n'avait pas de bagage.

Soit il est hindou, soit il a un sacré traumatisme crânien, pensa le chauffeur en voyant le gros turban blanc qui entourait la tête de son client. Mais son visage mat et barré d'une gigantesque moustache le faisait plutôt pencher pour un hindou.

— Ikea ?

— Ikea, répéta l'Indien en laissant traîner la dernière voyelle.

— Lequel ? Heu... What Ikea ? bafouilla Gustave qui se sentait aussi à l'aise en anglais qu'un chien sur une patinoire.

Son passager haussa les épaules comme pour dire qu'il s'en fichait. *Djeustikea,* répéta-t-il, *dontmatazeoanezatbetasiutyayazeparijan.* C'est à peu près ce qu'entendit le conducteur, une suite confuse de gazouillis palataux incompréhensibles. Mais gazouillis palataux ou pas, en trente ans de métier passés chez Taxis Gitans, c'était bien la première fois qu'un client fraîchement débarqué du terminal 2C de l'aéroport Charles-de-Gaulle lui demandait de le conduire dans un magasin de meubles. Car il n'avait pas souvenir qu'Ikea ait récemment ouvert une chaîne d'hôtels à son nom.

Gustave en avait eu des requêtes insolites, mais celle-là décrochait le coquetier. Si ce gars-là venait vraiment d'Inde, alors il avait payé une petite fortune et passé huit heures dans un avion, tout cela dans le seul but de venir acheter des étagères Billy ou un fauteuil Poäng. Chapeau ! Ou plutôt, incroyable ! Il faudrait qu'il note cette rencontre dans son livre d'or, entre Demis Roussos et Salman Rushdie qui lui avaient un jour fait l'honneur de poser leur auguste postérieur sur les fauteuils léopard de son taxi, et qu'il n'oublie surtout pas de raconter l'histoire à sa femme ce soir, durant le dîner. Comme il n'avait en général rien à dire, c'était son épouse, dont la bouche pulpeuse n'était pas encore équipée d'une géniale fermeture Éclair indienne, qui monopolisait la conversation à table pendant que leur fille envoyait des textos mal orthographiés à des jeunes de son âge qui ne savaient même pas lire. Ça changerait un peu pour une fois.

— OK !

Le taxi gitan, qui avait passé ses trois derniers week-ends à sillonner avec les dames en question les couloirs bleu et jaune du magasin suédois afin de meubler la nouvelle caravane familiale, savait bien que l'Ikea le plus proche était celui de Roissy Paris Nord, à seulement

8,25 euros de là. Il jeta donc son dévolu sur celui de Paris Sud Thiais, situé à l'opposé, de l'autre côté de la capitale, à trois quarts d'heure de route de l'endroit où ils se trouvaient à présent. Après tout, le touriste voulait un Ikea. Il n'avait pas spécifié lequel. Et puis, avec son beau costume en soie et sa cravate, il devait s'agir d'un richissime industriel indien. Il n'était pas à quelques dizaines d'euros près, non ?

Content de lui, Gustave calcula rapidement combien la course lui rapporterait et se frotta les mains. Puis il appuya sur le bouton du taximètre et démarra.

En définitive, la journée commençait plutôt bien.

Fakir de son état, Ajatashatru Lavash (prononcez *J'attache ta charrue, la vache*) avait décidé de voyager incognito pour sa première venue en Europe. À cette occasion, il avait troqué son « uniforme », qui consistait en un pagne en forme d'énorme couche de nouveau-né, contre un costume en soie brillante et une cravate loués pour une bouchée de pain à Dhjamal (prononcez *J'ai mal*), un vieillard du village qui avait été représentant durant sa jeunesse pour une célèbre marque de shampooing et en conservait encore de belles boucles grisâtres.

En enfilant la panoplie, qu'il garderait pendant les deux jours que durerait son escapade, l'Indien avait secrètement désiré qu'on le prenne pour un richissime industriel indien, au point de ne pas mettre d'habits confortables, entendez un survêtement et des sandalettes, pour un trajet en autocar de trois heures et un vol de huit heures et quinze minutes. Se faire passer pour ce qu'il n'était pas, c'était son métier après tout, il était fakir. Pour des raisons religieuses, il n'avait donc conservé que son turban sur la tête. Dessous poussaient inlassablement ses cheveux qu'il estimait aujourd'hui d'une longueur de quarante centimètres et d'une population de trente mille âmes, microbes et poux confondus.

En entrant dans le taxi ce jour-là, Ajatashatru (prononcez *Achète un chat roux*) avait tout de suite remarqué que son accoutrement avait fait son petit effet auprès de l'Européen, et ce malgré son nœud de cravate, que ni lui ni son cousin n'avaient su faire, même pas après les explications pourtant claires mais tremblantes d'un Dhjamal parkinsonien, et qu'ils avaient donc attachée avec une épingle à nourrice, détail mineur qui avait dû rester inaperçu au milieu d'un tel éclat d'élégance.

Un coup d'œil dans le rétroviseur ne suffisant pas pour contempler une telle beauté, le Français s'était même retourné sur son siège pour mieux l'admirer, faisant bruyamment craquer les os de son cou comme s'il s'apprêtait à réaliser un numéro de contorsion.

— Ikea ?

— Ikeaaa.

— Lequel ? Heu… What Ikea ? avait bafouillé le chauffeur, apparemment aussi à l'aise en anglais qu'une vache (sacrée) sur une patinoire.

— Just Ikea. Doesn't matter. The one that better suits you. You're the Parisian.

Le chauffeur s'était frotté les mains en souriant puis avait démarré.

Il a mordu à l'hameçon, avait pensé Ajatashatru (prononcez *J'ai un tas de shorts à trous*), satisfait. Finalement, son nouveau look remplissait sa mission à merveille. Avec un peu de chance, et s'il n'avait pas trop à ouvrir la bouche, on le prendrait même pour un autochtone.

Ajatashatru était célèbre dans tout le Rajasthan pour avaler des sabres escamotables, manger des bris de verre en sucre sans calories, se planter des aiguilles truquées dans les bras et pour une ribambelle d'autres tours de passe-passe dont il était le seul, avec ses cousins, à connaître le secret, et auxquels il donnait volontiers le nom de *pouvoirs magiques* pour envoûter les foules.

Aussi, lorsqu'il fallut payer la note du taxi, qui s'élevait à 98,45 euros, notre fakir tendit le seul billet dont il disposait pour tout son séjour, un faux billet de 100 euros imprimé seulement d'un côté, tout en faisant un geste nonchalant au conducteur pour lui dire qu'il pouvait garder la monnaie.

Au moment où celui-ci le glissait dans son portefeuille, Ajatashatru fit diversion en signalant de son index les immenses lettres jaunes I-K-E-A qui trônaient fièrement sur le bâtiment bleu. Le Gitan leva les yeux au ciel assez longtemps pour que son client puisse tirer prestement sur l'élastique invisible qui reliait son petit doigt au billet vert. En un dixième de seconde, l'argent fut à nouveau entre les mains de son propriétaire originel.

— Ah, tenez ! lança le chauffeur croyant le billet au chaud dans son portefeuille, voici le numéro de mon agence. Au cas où vous auriez besoin d'un taxi pour le retour. On a des conducteurs de fourgonnettes aussi, si vous êtes chargé. Même en kit, les meubles ça prend sacrément de place, croyez-moi.

Il ne sut jamais si l'Indien avait compris quelque chose de ce qu'il venait de dire. Il fouilla dans la boîte à gants et en sortit une petite carte en papier bristol sur laquelle on pouvait voir une danseuse de flamenco s'éventer avec le célèbre tricorne en plastique blanc posé sur le toit des taxis. Il la lui tendit.

— Merci, dit l'étranger en français.

Une fois la Mercedes rouge de Taxis Gitans disparue, sans que l'illusionniste, habitué à ne faire disparaître que des éléphants d'Inde à petites oreilles, y soit directement pour quelque chose, Ajatashatru rangea la carte dans sa poche et étudia l'immense entrepôt commercial qui s'étendait devant lui.

En 2009, Ikea avait renoncé à l'idée d'ouvrir ses premiers magasins en Inde, la loi locale imposant aux dirigeants suédois de partager la gérance de leurs établissements avec des directeurs de nationalité indienne, actionnaires majoritaires de surcroît, ce qui avait fait bondir le géant nordique. Il ne partagerait le pactole avec personne et encore moins avec des charmeurs de serpents moustachus adeptes de comédies musicales kitsch.

Parallèlement à cela, le leader mondial du prêt-à-meubler avait établi un partenariat avec l'Unicef afin de lutter contre le travail et l'esclavagisme des enfants. Le projet, qui impliquait cinq cents villages du nord de l'Inde, avait permis la construction de plusieurs centres de santé, de nutrition et d'éducation dans toute la région. C'est dans une de ces écoles qu'Ajatashatru avait atterri après avoir été viré, avec pertes et fracas, et dès sa première semaine de travail, de la cour du maharaja Lhegro Singh Lhe (prononcez *Le gros cinglé*) où il venait d'être embauché comme fakir-bouffon. Il avait eu le malheur de voler un morceau de pain au sésame, du beurre sans cholestérol et deux grappes de raisin bio. En définitive, il avait eu le malheur d'avoir faim.

En punition, on lui avait d'abord rasé la moustache, ce qui était une peine déjà sévère en soi (bien que cela ait eu pour effet de le rajeunir), puis on lui avait proposé de choisir entre faire de la prévention auprès des enfants contre le vol et la délinquance dans les écoles, ou se faire couper la main droite. Après tout, un fakir ne craignait ni la douleur ni la mort...

À la grande surprise de son public, qu'il avait habitué à assister à des actes de mutilation en tous genres (brochettes de viande dans les bras, fourchettes dans les joues, sabres dans le ventre), Ajatashatru avait décliné l'offre d'amputation et s'était décidé pour la première option.

— Excusez-moi, monsieur, auriez-vous l'heure, s'il vous plaît ?

L'Indien sursauta. Un quadragénaire en survêtement et sandalettes venait d'arrêter devant lui, non sans difficulté, un Caddie chargé d'une bonne dizaine de cartons que seul un champion de Tetris, ou un psychopathe, aurait pu ordonner de la sorte.

Pour Ajatashatru, la question avait ressemblé, à peu de chose près, à cela : *Euskuzémoameussieuoriévouleursivouplé*.

Bref, rien de bien compréhensible et qui ne pouvait entraîner de sa part aucune autre réponse que *WHAT ?*

L'homme, voyant qu'il avait affaire à un étranger, tapota son poignet gauche avec son index droit. Le fakir comprit aussitôt, leva la tête vers le ciel, et, habitué à lire dans le soleil indien, donna l'heure au Français avec un décalage de trois heures et trente minutes. Son interlocuteur, qui comprenait l'anglais mieux qu'il ne le parlait, prit aussitôt conscience qu'il était horriblement en retard pour aller chercher les enfants à l'école pour la pause de midi et il reprit sa folle course en direction de sa voiture.

En regardant les gens entrer et sortir du magasin, l'Indien remarqua que très peu de clients, voire personne, n'était habillé comme lui, en costume de soie brillante. Et encore moins en turban. Pour l'effet caméléon, c'était raté. Il espéra que cela ne compromettrait pas toute la mission. Le look survêtement et sandalettes aurait de loin fait l'affaire. Dès son retour, il en parlerait à son cousin Jamlidanup (prononcez *J'aime le Dan'Up*). C'était lui qui avait insisté pour qu'il s'habille ainsi.

Ajatashatru observa un instant les portes de verre s'ouvrir et se refermer devant lui. Toute l'expérience qu'il avait de la modernité venait des films hollywoodiens et bollywoodiens vus à la télévision chez sa mère adoptive, Sihringh (prononcez *Seringue*, ou *The Ring* pour les plus anglophiles). Il était assez surprenant de voir combien ces artifices, qu'il considérait comme des joyaux de la technologie moderne, étaient d'une banalité affligeante pour les Européens qui n'y faisaient même plus attention. S'ils avaient eu ce type d'installation à Kishanyogoor (prononcez *Quiche au yoghourt*), il aurait contemplé chaque fois avec la même émotion les portes de verre de ce temple de la technologie. Les Français n'étaient que des enfants gâtés.

Un jour, alors qu'il n'avait que dix ans, bien avant que le premier signe de progrès ne fût apparu dans son village, un aventurier anglais lui avait dit en lui montrant un briquet : « Toute technologie suffisamment avancée est indiscernable de la magie. » Sur le coup, l'enfant n'avait pas compris. « Cela signifie tout simplement, lui avait alors expliqué l'homme, que des choses qui sont banales pour moi peuvent sembler de la magie pour toi, tout dépend du degré de technologie de la société dans laquelle tu évolues. » De petites étincelles avaient alors sautillé sur le pouce de l'étranger avant de donner vie à une belle flamme bleue, chaude et éclatante. Avant de repartir, l'homme lui avait fait cadeau, contre une bien étrange faveur que nous exposerons plus en avant, de cet objet magique encore inconnu dans le petit village perdu à la lisière du désert du Tharthar, et avec lequel Ajatashatru avait élaboré ses premiers tours de passe-passe et aiguisé son envie de devenir un jour fakir.

Il avait un peu ressenti le même sentiment d'extraordinaire en prenant l'avion la veille. Le voyage avait été une expérience incroyable pour lui qui n'avait jamais décollé du plancher des vaches (sacrées) plus haut que ce que le mécanisme habilement dissimulé sous ses fesses le lui permettait lors de ses nombreuses lévitations publiques, c'est-à-dire vingt centimètres, lorsque le tout était bien huilé. Et il avait passé la plus grande partie de la nuit à regarder par le hublot, la bouche ouverte à s'en décrocher la mâchoire.

Enfin, lorsqu'il se fut assez recueilli sur le seuil des portes coulissantes, l'Indien se décida à entrer. Quel paradoxe ! se dit-il en posant les yeux sur la garderie d'enfants qui se trouvait dans le hall d'entrée, Ikea construit des écoles et des centres pour orphelins en Inde mais il n'y a pas encore construit un seul magasin de meubles !

Cela lui rappela qu'il avait fait un voyage de plus de dix heures, autocar et avion compris, pour venir jusqu'ici et qu'il ne lui restait plus beaucoup de temps pour accomplir sa mission. Son avion repartait le lendemain. Il pressa le pas et monta les immenses escaliers couverts de lino bleu qui menaient à l'étage supérieur.

Pour quelqu'un venant d'un pays occidental de tendance démocratique, monsieur Ikea avait développé un concept commercial pour le moins insolite : la visite forcée de son magasin.

Ainsi, s'il voulait accéder au libre-service situé au rez-de-chaussée, le client était obligé de monter au premier étage, emprunter un gigantesque et interminable couloir qui serpentait entre des chambres, des salons et des cuisines témoins tous plus beaux les uns que les autres, passer devant un restaurant alléchant, manger quelques boulettes de viande ou des wraps au saumon, puis redescendre à la section vente pour enfin pouvoir réaliser ses achats. En gros, une personne venue acheter trois vis et deux boulons repartait quatre heures après avec une cuisine équipée et une bonne indigestion.

Les Suédois, qui étaient des personnes très avisées, avaient même cru bon de dessiner une ligne jaune sur le sol pour indiquer le chemin à suivre au cas où l'un des visiteurs aurait eu la mauvaise idée de sortir des sentiers battus. Tout le temps qu'il fut au premier étage, Ajatashatru ne s'écarta donc jamais de cette ligne, pensant que les rois du meuble en pin avaient certainement posté des snipers en haut des armoires afin de faire avorter toute tentative d'évasion en abattant sur-le-champ tout client pris d'une soudaine envie de liberté.

Devant une si belle exposition, notre Rajasthanais, qui n'avait connu jusque-là que l'austérité de ses modestes demeures indiennes, eut tout simplement envie d'élire résidence dans le magasin, de s'asseoir à la table Ingatorp et de s'y faire servir un bon poulet tandoori par une Suédoise en sari jaune et bleu, de se glisser entre les draps Smörboll de ce moelleux Sultan Fåvang pour un somme, ou encore de s'allonger dans la baignoire et d'ouvrir le robinet d'eau chaude afin de se reposer un peu de son fatigant voyage.

Mais, comme dans ses tours de magie, tout était faux ici. Le livre qu'il venait de cueillir au hasard dans la bibliothèque Billy était une vulgaire brique en plastique affublée d'une couverture, le téléviseur dans le salon avait autant de composants électroniques qu'un aquarium, et du robinet de la baignoire ne s'échapperait jamais une seule goutte d'eau chaude (ni froide d'ailleurs) pour remplir son bain.

Néanmoins, l'idée germa dans sa tête de passer la nuit ici. Après tout, il n'avait pas réservé d'hôtel, faute d'argent, et son avion décollait le lendemain à 13 heures. De plus, il n'avait rien d'autre que son fameux faux billet de 100 euros, qu'il réservait pour l'achat du lit, et le truc de l'élastique invisible ne fonctionnerait pas indéfiniment.

Soulagé de savoir où il dormirait ce soir, Ajatashatru pouvait maintenant se concentrer sur sa mission.

Ajatashatru n'avait jamais vu autant de chaises, de pinces à spaghetti et de lampes de sa vie. Là, à portée de main, une profusion d'objets en tous genres s'étalaient devant ses yeux émerveillés. Il méconnaissait la fonction de pas mal d'entre eux, mais cela ne lui importait guère. C'était la quantité qui le troublait. Une vraie caverne d'Ali Baba. Il y en avait de partout. Si son cousin avait été là avec lui, il lui aurait dit « Regarde ça ! Et puis ça ! Et ça ! » en sautant d'un présentoir à un autre comme un petit garçon qui touche à tout. Mais il était tout seul, alors « Regarde ça ! Et puis ça ! Et ça ! » il ne pouvait se le dire qu'à lui-même et il ne pouvait pas sautiller d'un présentoir à l'autre comme un petit garçon qui touche à tout sous peine de passer pour un fou. Dans son village, les fous, on les frappait avec de longs bâtons en bois. Et il n'avait pas envie de savoir si on leur réservait meilleur sort en France.

Ces saladiers et ces lampes lui rappelaient, en quelque sorte, qu'il venait d'un monde bien différent. Et dire que s'il n'était pas venu jusque-là, il n'aurait peut-être jamais su qu'un tel endroit existait ! Il faudrait qu'il raconte tout cela en détail à son cousin. Si seulement il avait été là. On ne profitait pas tant des choses et des découvertes lorsqu'on était seul. Et souvent, la nostalgie des siens rendait pauvre et insipide même le plus prodigieux des paysages.

Sur ces pensées, l'Indien arriva bientôt au rayon chambres. Devant lui s'étendaient une bonne dizaine de lits, tous parés de couettes plus colorées les unes que les autres, desquelles débordaient des étiquettes aux noms improbables et imprononçables. Mysa Strå, Mysa Ljung, Mysa Rosenglim (s'amusaient-ils à former des mots avec des lettres piochées à l'aveuglette ?)... De moelleux oreillers, jetés dessus de manière ordonnée, ou plutôt déposés de manière faussement désordonnée, invitaient au somme.

Un couple se coucha pudiquement sur un Birkeland, imaginant déjà les délicieuses nuits qu'il allait y passer. Peut-être y ferait-il même un enfant. Un panneau écrit en français et en anglais indiquait en effet qu'un bébé sur dix était conçu dans un lit Ikea. On avait sûrement oublié l'Inde dans cette statistique.

Ce tableau idyllique se brisa en mille morceaux lorsque deux enfants se jetèrent comme des sauvages sur un Aspelund et entamèrent une bagarre de chiffonniers à grands coups d'oreillers. Affolé, le jeune couple, couché à deux lits de là, se releva et s'enfuit vers le rayon salles de bains, remettant à plus tard tout projet de procréation.

Ajatashatru ne s'attarda pas, lui non plus, dans ce milieu hostile et se faufila entre les tables de nuit. Non pas qu'il n'aimât pas les enfants, bien au contraire, mais parce qu'à vrai dire, il n'était intéressé par aucun des modèles de lits exposés. Celui qu'il convoitait ne semblait pas se trouver dans le coin.

Il identifia bien trois employés, habillés aux couleurs du magasin, c'est-à-dire aux couleurs du drapeau suédois, en jaune et bleu, comme le sari de la belle Suédoise qui servait du poulet tandoori dans son imagination, mais ils semblaient tous occupés à renseigner d'autres clients. Il s'approcha donc de l'un d'eux et attendit son tour.

Le vendeur sur lequel il avait jeté son dévolu était un gros bonhomme chauve avec des lunettes en écaille vertes, le genre d'individu que l'on identifiait en moins de trois coups au jeu « Qui est-ce ? » Il s'affairait sur son ordinateur, levait de temps en temps la tête vers les deux personnes qu'il avait en face de lui avant de replonger dans son écran. Au bout de quelques minutes, il arracha une feuille de l'imprimante et la tendit au couple qui, satisfait, s'éloigna à grands pas, pressé de raconter à ses amis que Jean-Pierre Coffe travaillait maintenant à Ikea et qu'il venait juste de leur vendre un meuble à chaussures.

Après s'être assuré que le vendeur parlait anglais, Ajatashatru lui demanda s'ils avaient en exposition le tout dernier modèle de lit à clous Kisifrötsipik. Illustrant ses paroles, il déplia le morceau de papier qu'il venait de prendre dans la poche de son costume et le tendit à l'employé.

C'était une photo en couleurs de ce lit pour fakirs en petit pin suédois véritable, trois coloris, avec hauteur des clous (inoxydables) ajustable. La page avait été arrachée du catalogue Ikea de juin 2012, tiré à 198 millions d'exemplaires dans le monde entier, soit le double du tirage de la Bible.

Plusieurs tailles étaient proposées : deux cents clous (très cher et particulièrement dangereux), cinq mille clous (accessible et confortable) et quinze mille clous (bon marché et, paradoxalement, très confortable). Au-dessus du lit, un slogan scandait *Pour des nuits piquantes !* Le prix de 99,99 euros (pour le modèle quinze mille clous) était affiché en grosses lettres jaunes.

— Nous n'avons plus ce modèle en magasin, expliqua le Jean-Pierre Coffe du meuble en cageot de pêches dans un anglais fort correct. Rupture de stock.

Voyant le visage de son interlocuteur fondre sur place, il s'empressa d'ajouter :

— Mais vous pouvez toujours le commander.

— Combien de temps cela prendra-t-il ? demanda l'Indien inquiet d'avoir voyagé pour rien.

— Vous pourriez l'avoir pour demain.

— Demain matin ?

— Demain matin.

— Dans ce cas, marché conclu.

Content d'avoir satisfait son client, l'employé lança ses doigts sur le clavier.

— Votre nom ?

— Mister Patel (prononcez *Paddle*). Ajatashatru, comme ça se prononce.

— La vache ! s'exclama l'employé devant la difficulté.

Plus par fainéantise que par commodité, il écrivit un X dans la case pendant que l'Indien se demandait comment l'Européen connaissait son deuxième prénom, Lavash.

— Alors, un lit à clous Kisifrötsipik spécial fakir en petit pin suédois véritable, avec hauteur des clous (inoxydables) ajustable. Quel coloris ?

— Que me proposez-vous ?

— Rouge puma, bleu tortue ou vert dauphin.

— Je ne vois pas très bien la correspondance entre les couleurs et les animaux, avoua Ajatashatru qui ne voyait pas très bien la correspondance entre les couleurs et les animaux mentionnés.

— Tout cela nous dépasse. C'est du marketing.

— Bon, alors rouge puma.

Le vendeur se remit à pianoter frénétiquement sur sa machine.

— Voilà, vous pourrez venir le chercher demain à partir de dix heures. Autre chose ?

— Euh, oui, juste une petite question, une curiosité. Comment se fait-il que le modèle de quinze mille clous soit trois fois moins cher que celui de deux cents, qui est en outre beaucoup plus dangereux ?

L'homme l'examina par-dessus la monture de ses lunettes comme s'il ne comprenait pas bien.

— J'ai l'impression que vous ne comprenez pas bien ma question, reprit le fakir. Quel idiot achèterait un lit beaucoup plus cher, beaucoup moins confortable et beaucoup plus dangereux ?

— Quand vous aurez passé une semaine à planter les quinze mille clous dans les quinze mille petits trous prédessinés de la planche, vous ne vous poserez plus la question, monsieur, et vous regretterez de ne pas avoir pris le modèle, certes plus cher, moins confortable et plus dangereux, de deux cents clous. Croyez-moi !

Ajatashatru acquiesça et sortit le billet de 100 euros de son portefeuille en faisant bien attention de ne montrer que la face imprimée. Il avait retiré le fil invisible car, cette fois-ci, il allait s'en séparer pour de bon. La mission arrivait à sa fin. Là, tout de suite.

— Ce n'est pas ici que l'on paye, monsieur. C'est aux caisses, en bas. Vous payerez demain. Cela fera 115,89 euros.

Ajatashatru serait tombé à la renverse s'il ne s'était pas agrippé à ce moment-là à la feuille de papier que lui tendait l'homme en souriant.

— 115,89 euros ? répéta-t-il offusqué.

— 99,99 euros, c'était le prix promotionnel, jusqu'à la semaine dernière. Regardez, c'est écrit là.

Disant cela, le vendeur indiqua de son doigt boudiné une mention pas plus grande qu'une patte de fourmi, au bas de la page du catalogue.

— Ah.

Le monde s'écroula tout autour de l'Indien.

— Voilà. J'espère que notre service vous a satisfait. Si c'est le cas, faites-le savoir autour de vous. Sinon, pas la peine de l'ébruiter. En vous remerciant.

Disant cela, le jeune Coffe, qui considérait déjà l'échange comme terminé, tourna sa grosse tête et ses lunettes vert dauphin vers la femme qui se trouvait derrière Ajatashatru.

— Bonjour madame, que puis-je faire pour vous ?

Le fakir s'était écarté pour laisser passer la dame. Inquiet, il fixait son billet de 100 euros tout en se demandant comment il pourrait se procurer avant demain 10 heures les 15,89 euros qu'il lui manquait.

Sur un grand panneau placardé non loin des caisses, Ajatashatru avait pu lire que le magasin fermait ses portes à 20 heures les lundis, mardis et mercredis. Ainsi, vers 19 h 45, heure lue sur la Swatch en plastique d'une plantureuse blonde, il crut bon de se rapprocher de nouveau du rayon chambres.

À peine s'était-il glissé, après de discrets coups d'œil autour de lui, sous le lit d'une chambre témoin aux couleurs vives et psychédéliques qu'une voix électrique de femme résonna dans les haut-parleurs. Même couché, l'Indien sursauta et donna un grand coup de tête aux lattes en bois qui soutenaient le matelas. Il n'aurait jamais cru que l'on puisse sursauter en position horizontale.

Tous les sens en alerte, le fakir s'imagina les snipers déjà en position sur les armoires, pointant leur fusil à lunette en direction du Birkeland sous lequel il se cachait pendant qu'une horde commando franco-suédoise se rendait au pas de gymnastique sur les lieux afin d'encercler le lit. Dans sa poitrine, son cœur battait au rythme d'une bande sonore de Bollywood. Il ôta l'épingle à nourrice de sa cravate et ouvrit le col de sa chemise pour mieux respirer. La fin de son aventure était proche.

Au bout de quelques minutes, pourtant, personne n'était venu le dénicher et il en conclut que la voix du haut-parleur avait seulement annoncé la fermeture du magasin.

Il souffla et attendit.

Quelques heures plus tôt, juste après que le vendeur avait traité sa commande, Ajatashatru, pris d'un petit creux, s'était dirigé vers le restaurant.

Il ne savait pas quelle heure il était. Et à l'intérieur, impossible de lire le soleil. Son cousin Pakmaan (prononcez *Pacman*) lui avait raconté un jour que l'on ne trouvait jamais de pendules dans les casinos de Las Vegas. Ainsi, les clients ne se rendaient pas compte du temps qui passait et ils dépensaient beaucoup plus d'argent que prévu. Ikea avait dû copier la technique car il n'y en avait aucune sur les murs, et celles à la vente n'avaient pas de piles, pour les petits malins. Horloge ou pas, dépenser plus était un luxe qu'Ajatashatru ne pouvait de toute façon pas se permettre.

L'Indien chercha un poignet et lut l'heure sur une montre sportive à bracelet noir qui devait appartenir à un certain Patek Philippe.

Il était 14 h 35.

Sans autre argent que le billet de 100 euros que lui avait imprimé son cousin Jamlidanup sur une seule face, et qui, mis bout à bout avec 15,89 euros de monnaie, lui permettrait d'acheter son nouveau lit à clous, Ajatashatru prit le chemin du restaurant d'où s'échappaient des effluves de viande cuite et de poisson citronné.

Il se plaça en fin de queue, derrière une femme d'une quarantaine d'années, mince, blonde, les cheveux longs, bronzée et habillée de manière assez bourgeoise. La victime parfaite, pensa Ajatashatru tout en s'approchant d'elle. Elle sentait bon le parfum cher. Ses mains, dont les ongles étaient vernis en bordeaux, prirent un plateau et des couverts.

C'est le moment que choisit l'Indien pour retirer de sa poche une fausse paire de lunettes de soleil Police et se les mettre sur le nez. Puis il se colla un peu plus à la femme et s'empara, lui aussi, d'un plateau, d'un couteau qui n'avait pas trop l'air de couper et d'une fourchette aux pointes émoussées semblable en tout point à celles qu'il avait l'habitude de se planter dans la langue. Il s'appuya de tout son corps sur le dos de la femme et compta dans sa tête. Trois, deux, un. Au même moment, se sentant un peu trop collée, la Française se retourna brusquement, envoyant valdinguer d'un coup d'épaule les lunettes de soleil d'Ajatashatru qui éclatèrent en plusieurs morceaux en percutant le sol. Bingo !

— MY GOSH ! s'écria le fakir en jetant de grands coups d'œil affolés vers ses lunettes avant de reposer le plateau et de s'agenouiller par terre afin d'en ramasser les morceaux.

Ne pas trop forcer le mélodramatisme non plus.

— Oh, je suis confuse ! lança la dame en mettant sa main devant sa bouche. Puis elle reposa son plateau à son tour et se baissa pour l'aider.

Ajatashatru lança un regard triste sur les six morceaux de verre fumé et bleuté qu'il tenait dans la paume de sa main pendant que la femme lui tendait sa monture dorée.

— Je m'excuse, je suis tellement maladroite.

L'arnaqueur grimaça et haussa les épaules, comme si cela n'était pas si grave.

— Never mind. It's OK.

— Oh, mais si, ça *mind* ! Ça *mind* vraiment ! Je tiens à vous dédommager.

Ajatashatru essayait maladroitement de replacer les morceaux de verre dans la monture. Mais dès qu'il réussissait à en loger un, l'autre retombait aussitôt dans sa main.

Pendant ce temps-là, la femme était déjà en train de fouiller son sac à la recherche de son portefeuille. Elle en tira un billet de 20 euros et s'excusa de ne pas pouvoir lui donner plus.

L'Indien refusa poliment, mais devant l'insistance de la bourgeoise, il prit le billet et le fourra dans sa poche.

— Thank you. It is very kind of you.

— C'est normal, c'est normal. Et puis, le repas est pour moi.

Ajatashatru remit les pièces de ses lunettes de soleil dans la poche de son pantalon et reprit son plateau.

Que la vie était facile pour les voleurs. En quelques secondes, il venait de gagner les 15,89 euros qu'il lui manquait pour acheter le Kisifrötsipik ainsi que 4,11 euros d'argent de poche. Ainsi, non seulement il put manger à sa faim (des tomates au paprika, un wrap de saumon fumé avec des frites, une banane, le tout accompagné d'un Coca-Cola sans gaz), mais en plus, il eut le privilège de ne pas déjeuner seul ce jour-là. Étant seule elle aussi, Marie Rivière, c'est ainsi qu'elle s'appelait, lui avait proposé de prendre leur repas ensemble, en plus de l'inviter pour l'histoire des lunettes.

La victime et l'arnaqueur, l'antilope et le lion, à la même table et riant aux éclats des histoires de ce personnage insolite en costume et turban. Si quelqu'un de Kishanyogoor avait vu la scène, il n'en aurait sûrement pas cru ses yeux. Ajatashatru, qui avait prononcé le vœu de chasteté et fait le choix d'une diète alimentaire équilibrée à base de clous bio et autres vis, attablé avec une charmante Européenne en train de s'empiffrer de frites et de saumon fumé ! Au bled, une telle photo lui aurait valu le retrait immédiat de sa licence de fakir, peut-être même bien un rasage de moustache. Et tiens, une petite condamnation à mort, pour la route.

— À quelque chose, malheur est bon, dit la dame en rougissant. Si moi je ne cassé pas vos lunettes, nous se rencontre pas. Et puis donc, je n'avoir jamais vu vos yeux beaux[1].

Ce n'était peut-être pas à une femme de dire cela. Ce n'était peut-être pas à elle de faire le premier pas. Mais elle trouvait en effet qu'Ajatashatru avait de beaux yeux couleur Coca-Cola, avec des taches jaunes dans l'iris qui rappelaient les bulles pétillantes du célèbre soda américain, celles dont manquait cruellement le verre qu'il buvait à présent. De belles bulles, ou peut-être était-ce des étoiles ? Et puis, elle avait un âge où si elle voulait quelque chose, elle le prenait de suite. La vie passait à une vitesse folle maintenant. Comme quoi, une petite bousculade dans la queue d'un Ikea pouvait parfois donner plus de résultats que trois ans d'abonnement à Meetic.

L'homme sourit, gêné. Sa moustache remonta sur les côtés comme celle d'Hercule

1. Par souci de compréhension, nous éviterons à l'avenir de donner une traduction trop littérale de l'anglais approximatif de Marie. (*N. d. A.*)

Poirot, entraînant avec elle le collier de piercings qui pendait à ses lèvres. Ces anneaux, Marie trouvait qu'ils lui donnaient un air sauvage, viril, mauvais garçon, enfin, tout ce qui l'attirait chez un homme. La chemise, elle, était impeccable. C'était un beau mélange. Il avait le pur style *baroudeur propre* qui la faisait tant fantasmer.

— Vous êtes sur Paris en ce moment ? demanda-t-elle en essayant de réfréner ses pulsions.

— On peut dire ça comme ça, répondit le Rajasthanais sans préciser qu'il allait passer la nuit à Ikea. Mais je repars demain. Je suis juste venu acheter quelque chose.

— Quelque chose qui vaut la peine de faire un aller-retour de sept mille kilomètres pour l'acheter… fit judicieusement remarquer la belle bourgeoise.

L'homme raconta alors qu'il était venu en France avec l'intention d'acheter le tout dernier lit à clous qui venait de sortir sur le marché. Un matelas à clous, c'était un peu comme un matelas à ressorts. Au bout d'un certain temps, ça se tassait. En l'occurrence, la pointe des clous s'émoussait et il fallait en changer. Bien sûr, il omit de dire qu'il n'avait pas un sou et que les habitants de son village natal, persuadés de ses pouvoirs magiques, avaient financé son voyage (en choisissant la destination la moins chère sur un moteur de recherche d'Internet, en l'occurrence Paris) pour que le pauvre homme soigne ses rhumatismes en s'achetant un nouveau lit. C'était une espèce de pèlerinage. Ikea, c'était un peu sa grotte de Lourdes à lui.

Alors qu'il racontait tout cela, Ajatashatru sentit, pour la première fois de sa vie, une gêne à mentir. Pour lui, ne pas dire la vérité était devenu une seconde nature. Mais quelque chose en Marie rendait la chose plus difficile. Il trouvait la Française si pure, si tendre et amicale. Il avait un peu l'impression de la salir. Et de se salir au passage. C'était un peu déroutant pour lui, ce sentiment nouveau, cette ombre de culpabilité. Marie avait un charmant visage qui reflétait l'innocence et la gentillesse. Un visage de poupée en porcelaine qui respirait bon cette humanité que lui avait un peu perdue pour survivre au milieu de la jungle hostile.

C'était aussi la première fois qu'on lui posait des questions, qu'on s'intéressait à lui pour autre chose que pour guérir une constipation chronique ou un problème d'érection. Il en vint même à regretter d'avoir si vilement arnaqué Marie pour s'acheter un vulgaire casse-croûte.

Et puis ses regards, ses sourires. N'était-elle pas en train de lui faire du gringue ? C'était étrange venant d'une femme, dans son pays c'étaient les hommes qui attaquaient, mais cela remettait du baume au cœur en tout cas.

Dans sa poche, Ajatashatru caressait la monture de ses lunettes de soleil truquées. Un mécanisme secret permettait d'imbriquer les cinq morceaux de verre et de les tenir en tension. Au moindre choc, les pièces jaillissaient de leur logement donnant l'illusion que les lunettes se brisaient en morceaux.

Depuis qu'il utilisait ce truc, il avait pu constater que la grande majorité des gens, dévorés par le sentiment de culpabilité, donnaient de l'argent en dédommagement de leur geste malheureux.

En réalité, pas original pour un sou, Ajatashatru n'avait fait qu'améliorer la combine du vase cassé qu'il avait trouvée dans un vieux bouquin de trucs et d'arnaques.

ARNAQUE AU VASE CASSÉ

Matériel : un paquet, un vase cassé, du papier cadeau.

Vous vous promenez dans un grand magasin avec un paquet enveloppé dans du papier cadeau.

Dans ce paquet, vous avez disposé, au préalable, un vase cassé en mille morceaux. En vous promenant au milieu des rayons, vous vous approchez d'une victime et vous vous collez à elle. Lorsque celle-ci sursautera, suite à la surprise occasionnée par votre présence soudaine contre elle, lâchez le paquet. En tombant par terre, les bris de verre donneront l'impression que le beau vase que vous alliez offrir à votre tante bien-aimée vient juste de se casser à vos pieds. La victime, culpabilisée, vous dédommagera aussitôt.

— Je sais comment vous charmez les femmes, dit Marie avec un petit sourire en coin, mais ce que j'aimerais savoir, c'est comment vous faites pour charmer les serpents… Cela m'a toujours intriguée.

À vrai dire, l'Indien n'avait pas pour intention de charmer la Française, mais il accepta le compliment, si c'en était un. Et comme il se sentait redevable envers elle pour lui avoir si odieusement soustrait 20 euros, il estima qu'il ne perdrait pas la face en lui dévoilant un petit truc de fakir. Elle le valait bien.

— Comme je vous trouve charmante, au sens littéral du terme, je vais vous dévoiler ce secret de fakir, dit-il alors de manière solennelle. Mais il faut me jurer que vous ne le répéterez pas.

— Promis, lança Marie en effleurant sa main.

Dans le monde réel, deux plateaux de nourriture suédoise les séparaient, mais dans son monde à elle, il la prenait dans ses bras et lui dévoilait ses secrets au creux de l'oreille.

Troublé, Ajatashatru retira sa main.

— Dans mon village, bafouilla-t-il, on nous habitue à la présence des serpents depuis notre plus jeune âge. Lorsque je n'étais encore qu'un bébé d'un an, alors que vous jouiez peut-être déjà avec des poupées, moi j'avais un cobra comme jouet et animal de compagnie. Bien sûr, les adultes s'assuraient régulièrement que ses glandes ne contenaient plus de venin en forçant le reptile à mordre dans un chiffon qu'ils tendaient sur un pot de confiture vide. Le précieux liquide servait à l'élaboration d'un antidote. Mais je vous assure, même sans venin, les morsures et les coups de tête de ces bestioles ne sont pas très agréables. Enfin, vous me demandiez comment on charme un cobra. Eh bien voilà, les serpents sont sourds, je ne sais pas si je vous apprends quelque chose. Du coup, le reptile suit le mouvement de balancier de la *pungi*, cette flûte qui ressemble à une gourde traversée d'un long morceau de bois creux, et les vibrations de l'air causées par l'instrument. On a l'impression qu'il danse alors qu'il ne fait que suivre le balancement de la flûte de la tête. Fascinant, n'est-ce pas ?

Oui, Marie était fascinée. Cette conversation dépassait de loin toutes celles qu'elle avait pu avoir ces dernières années avec les jeunes hommes qu'elle ramenait à la maison les soirs de sortie. Comme il est dur de vivre seule lorsque vous ne supportez pas la solitude. Cela vous amène à subir beaucoup de choses regrettables. Et comme pour elle, il valait mieux être mal accompagnée que seule, ses lendemains avaient souvent le goût amer des regrets.

— Mais il est bien plus difficile de charmer une femme qu'un serpent, ajouta l'homme pour finir par une petite touche humoristique.

Et il sourit.

— Tout dépend de la femme…

Quelquefois, la belle Française semblait aussi fragile qu'une poupée de porcelaine, la minute d'après, elle était aussi ensorcelante qu'une panthère.

— Et du serpent…

La conversation prenait une drôle de tournure. En Inde, c'est bien simple, on ne draguait pas les fakirs. Du moins c'est ce que se plaisait à croire Ajatashatru car on ne l'avait jamais dragué. La Française lui plaisait bien, vraiment bien, mais le problème, c'est qu'il n'était là que pour une nuit, qu'il n'avait même pas d'hôtel et qu'il n'était pas venu en France dans le but de trouver une femme. Il y avait sa mission, et puis les relations d'un soir, ce n'était pas son truc. Non, vraiment il valait mieux tout oublier dès à présent. Allez, ouste !

— Et vous, qu'est-ce que vous êtes venue acheter ? bafouilla-t-il pour s'enlever toutes ces idées de la tête.

Mais il était difficile de ne pas regarder le joli décolleté de la Française et laisser libre cours à son imagination.

— Une lampe et des rails métalliques pour accrocher les couverts de ma cuisine au-dessus de l'évier, rien de bien glamour.

Saisissant la perche au vol, Ajatashatru ouvrit sa main en position verticale, paume vers lui et y plaça sa fourchette. Le couvert resta suspendu en l'air, derrière ses doigts, en position horizontale, comme par magie.

— Que pensez-vous de cet accroche-couverts ? lança-t-il. Des comme ça, on n'en trouve même pas à Ikea !

— Oh ! Comment faites-vous cela ? s'exclama-t-elle, impressionnée.

L'Indien plissa les yeux et fit son mystérieux. Il secoua sa main pour bien faire voir que la fourchette y restait solidement collée par une puissante et irrésistible force.

— Allez, dites-moi ! le pressa Marie à la manière d'une petite fille capricieuse. Et chaque fois qu'elle se penchait vers lui pour voir ce que l'homme cachait derrière sa main, Ajatashatru s'écartait un peu plus.

Le magicien savait que, dans ces circonstances, le silence avait le don d'énerver et d'exacerber la curiosité de son audience. Il lui avait déjà expliqué le truc de la flûte. Lui révéler ce nouveau tour revenait à lui avouer que tout ce qu'il faisait n'était que trucs et charlatanisme. Pour ne pas perdre la face, il préféra l'option la plus valorisante, celle qu'il employait avec ses compatriotes : le mensonge.

— Avec beaucoup d'entraînement et de méditation.

En réalité, si Marie avait été du côté d'Ajatashatru, elle aurait pu voir que la fourchette était coincée entre la paume de sa main et son couteau qu'il avait mis en position verticale et glissé dans la manche. Ce qui, vous en conviendrez aisément, ne s'obtenait ni avec beaucoup d'entraînement ni beaucoup de méditation.

— Vous n'avez pas fini votre dessert, fit remarquer Ajatashatru tentant une diversion.

Le temps pour Marie de regarder son cheesecake, l'homme avait déjà retiré le couteau de sa manche et l'avait reposé, ni vu ni connu, à droite de son assiette.

— Je ne vous aime plus, vous ne m'avez pas dit comment vous faisiez…, dit-elle sur un air boudeur.

— Il faudra un jour que je vous montre comment il est possible de transpercer sa langue de part en part avec un fil de fer sans y faire de trou !

Marie se sentait déjà tourner de l'œil. Ah ça non, elle ne supportait pas.

— Vous avez vu la tour Eiffel ? demanda-t-elle pour changer de sujet avant que l'homme n'ait la bonne idée de se transpercer la langue avec sa fourchette.

— Non. Je suis arrivé ce matin de New Delhi et je suis directement venu ici depuis l'aéroport.

— Il y a tellement d'histoires et d'anecdotes passionnantes autour de ce monument. Saviez-vous que Maupassant détestait la tour Eiffel ? Il y mangeait tous les jours car c'était le seul endroit de Paris depuis lequel il ne pouvait pas la voir…

— Il faudrait d'abord que je sache qui est ce Maupassant. En tout cas, la petite histoire me plaît bien !

— C'est un écrivain français du XIXe siècle. Mais attendez, ajouta-t-elle en croquant le dernier morceau de son gâteau. Il y a encore plus croustillant, et je ne parle pas de mon cheese-cake, qui est bien trop tendre. Un escroc du nom de Victor Lustig a réussi à vendre la tour Eiffel. Vous le croyez, ça ? Après l'exposition universelle de 1889, pour laquelle elle avait été construite, la tour devait être démontée puis détruite. Il est vrai que son entretien représentait un trou financier gigantesque pour le gouvernement français. Ce loustic, pardon, ce Lustig, s'est donc fait passer pour un fonctionnaire et, après avoir falsifié un contrat de vente national, a vendu les pièces du monument au propriétaire d'une grande entreprise de récupération de métal pour la modique somme de cent mille francs.

Lorsque la femme eut converti la somme en roupies indiennes, en appuyant sur un bouton de son portable, Ajatashatru se sentit un arnaqueur débutant à côté de ce Lustig. Pour ne pas faire pâle figure, il se vit obligé de raconter lui aussi à la belle bourgeoise des histoires et des contes de son pays. L'histoire du fakir qui n'avait plus un clou la fit bien rire, ne s'imaginant à aucun moment qu'il parlait de lui.

— En tout cas, finit-elle par dire, c'est bien dommage que vous ne soyez pas allé voir la tour Eiffel. Beaucoup de vos compatriotes y travaillent. Peut-être y auriez-vous rencontré un parent ? Ils vendent des tours Eiffel.

Ajatashatru ne comprit pas très bien l'allusion de la Française. Sans doute un problème de traduction. Voulait-elle dire que les Indiens vivant à Paris étaient tous agents immobiliers ? S'il avait été se promener sur le Champ-de-Mars pour vérifier l'information, il aurait de toute manière plus croisé de Pakistanais et de Bangladais que d'Indiens, tous affairés à vendre, entre deux patrouilles de police, des porte-clefs et autres répliques miniatures du monument national.

— Vous savez, il y a longtemps que je n'ai pas ri comme aujourd'hui, ou simplement parlé avec un homme de choses aussi, aussi… différentes, confessa Marie. Cela fait du bien de rencontrer des personnes sincères, authentiques comme vous. Des personnes qui font le bien et le propagent autour d'elles. Je me sens tellement bien avec vous. C'est peut-être idiot à dire mais nous venons de nous rencontrer et pourtant j'ai l'impression que nous nous connaissons de longue date. Je vous avoue que je suis contente, d'une certaine manière, d'avoir cassé vos lunettes.

Durant cette déclaration, la belle Française était redevenue une petite poupée de porcelaine aux longs cils recourbés.

Moi, une personne sincère qui fait le bien et le propage partout autour de soi ? se dit l'Indien en se tournant de tous les côtés pour s'assurer que la femme parlait bien de lui. Et il réalisa que c'était effectivement le cas. Des fois, il suffit que les gens vous voient d'une certaine manière, qui plus est si l'image est valorisante, pour vous transformer en cette belle personne. Ce fut le premier coup d'électrochoc que le fakir reçut en plein cœur depuis le début de cette aventure.

Ce ne serait pas le dernier.

Au bout de quelques minutes passées sous le lit, et comme personne n'était venu l'inquiéter, Ajatashatru avait fini par s'assoupir. La position horizontale, l'obscurité, le silence soudain et le long voyage avaient eu raison de sa volonté et de sa grande forme physique. S'il pouvait feindre de ne jamais éprouver de douleur, il ne pouvait certainement pas en faire autant avec la fatigue. Et puis, sous ce lit, il n'y avait pas de public alors il pouvait se permettre le luxe d'être faible.

Lorsqu'il rouvrit les yeux, deux heures après, il avait oublié où il se trouvait, comme cela arrive parfois lorsque l'on se réveille après un court sommeil, et il crut qu'il était devenu aveugle. Il sursauta, se cognant de nouveau la tête contre les lattes en bois, et prit aussitôt conscience qu'il se trouvait sous le lit d'un magasin Ikea, en France, et que les lits français, ou suédois, étaient vraiment bien trop bas.

Il se souvint de Marie, dont il avait pris congé quelques heures plus tôt au rayon salles de bains, non sans lui avoir juré auparavant de l'appeler la prochaine fois qu'il viendrait en France afin qu'elle lui fasse visiter la tour

Eiffel et rencontrer ses cousins agents immobiliers.

Elle avait eu l'air déçue qu'ils se quittent comme ça, qu'il refuse sa proposition de prendre un verre le soir même dans un quartier animé de la capitale. Il aurait aimé passer cette nuit avec elle, cette unique nuit parisienne. Mais ça l'aurait bouleversé. Ça l'aurait éloigné de sa mission. Juste un aller-retour. Inde-France. Il n'aurait pas pu repartir. Enfin, maintenant, il avait son numéro. Tout était si confus dans sa tête. Peut-être qu'un jour...

Ajatashatru risqua un œil sur le côté mais le paysage qui s'étendait devant lui n'était que lino bleu, moutons de poussière et pieds de lits. Au moins, il ne repérait aucun pied humain.

Sans un bruit, il se glissa hors de sa cachette en lançant de furtifs coups d'œil vers le plafond du magasin au cas où il y aurait des caméras de surveillance. Mais il ne vit rien qui y ressemblât. D'ailleurs, il ne savait pas trop à quoi ressemblait une caméra de surveillance. Dans son village, ce n'était pas monnaie courante. Finalement, Ikea, c'était un peu surfait. Il n'y avait ni snipers perchés sur les armoires, ni caméras, ni rien. Les Soviétiques étaient bien plus consciencieux en termes de sécurité.

En oubliant toute mesure de précaution, il se promena dans les couloirs, tranquillement, comme s'il avait été au bras de Marie, à flâner avec nonchalance entre les meubles à la recherche d'un fauteuil ou d'un miroir pour décorer leur bel appartement parisien dont les fenêtres donnaient toutes sur cette tour Eiffel où Maupassant avait passé, bien qu'il la détestât, le plus clair de ses journées. Il l'imagina seule à cette heure-ci, chez elle. C'était quand même un peu dommage.

Il chercha dans sa veste le petit emballage de chewing-gum sur lequel la Française avait écrit son numéro de téléphone. Il relut plusieurs fois la séquence de chiffres jusqu'à ce qu'il la sût par cœur. C'était des chiffres qui respiraient l'amour, ça. Résigné, il enfonça le papier au plus profond de la poche de son pantalon pour ne pas le perdre, près de son sexe. C'était là qu'il mettait toutes les choses auxquelles il tenait. Allez, il ne fallait plus y penser. La mission. La mission avant tout.

Ajatashatru regarda autour de lui. Quelle chance il avait de se trouver là ! Il se sentait comme un enfant qui aurait pénétré en cachette dans un grand magasin de jouets. Lui qui n'avait connu que les modestes demeures de son cousin Vachasmati (prononcez *Vache asthmatique*) et de Sihringh avait, pour une nuit, à son entière disposition, un appartement de plus de mille mètres carrés avec des dizaines de chambres, de salons, de cuisines et de salles de bains. Se lançant dans un calcul savant, il dut vite se rendre à l'évidence que cette nuit ne compterait pas assez d'heures pour qu'il dorme dans tous ces lits qui s'offraient à lui.

Son ventre gargouilla.

Telle Boucle d'or dans la maison des ours, le fakir, qui n'avait pas plus de résistance à la faim qu'à la fatigue, qu'à rien d'autre d'ailleurs, se mit en quête d'un bon festin. Il s'engouffra alors dans le dédale de fauteuils et de chaises du rayon salons et suivit la direction donnée par les panneaux qui indiquaient le restaurant comme une oasis dans le désert.

Dans un gros réfrigérateur gris, il trouva du saumon fumé, un Tupperware plein de crème fraîche, du persil, des tomates et de la laitue. Il versa le tout dans un grand plat, alla se servir un soda aux robinets, disposa le tout sur un plateau en plastique et reprit le chemin inverse en direction des rayons d'exposition. Là, il jeta son dévolu sur un salon décoré de meubles blancs et noirs laqués. Sur les murs, de grandes photographies sous verre de buildings new-yorkais beiges et jaunes apportaient une touche de kitsch à l'ensemble. Il n'aurait jamais pu trouver un hôtel aussi luxueux pour la nuit, et encore moins pour 100 euros, enfin pour un billet de 100 euros imprimé seulement d'un côté.

L'Indien posa le plateau sur la table basse, enleva sa veste et sa cravate et s'assit dans un confortable sofa de couleur verte. Face à lui, un faux téléviseur en plastique l'invitait à l'imagination. Il fit mine de l'allumer et d'y regarder le dernier blockbuster bollywoodien tout en dégustant du saumon fumé, cet étrange mais goûteux petit poisson orange fluo qu'il mangeait pour la deuxième fois de sa vie dans la même journée.

On s'habitue vite au luxe.

Son repas terminé, il se leva et s'étira les jambes en tournant autour de la table. C'est à ce moment-là qu'il remarqua que, dans la bibliothèque située derrière le sofa, il y avait un livre pas comme les autres.

Il s'agissait en réalité d'un journal, un vrai, que quelqu'un avait dû oublier là. À ses côtés s'étalaient les faux livres en briques de plastique qu'il avait vus le matin même dans d'autres bibliothèques exposées.

Ne parlant pas français, il n'aurait même pas cherché à l'ouvrir s'il n'avait pas reconnu l'inimitable première page du journal américain *Herald Tribune*. La soirée s'annonce divertissante, pensa-t-il, loin de s'imaginer à quel point, mais pour d'autres raisons.

Ajatashatru fit mine d'éteindre la télé et se lança dans la lecture du quotidien. Il ne supportait pas que la télé soit allumée quand il ne la regardait pas. L'électricité était une denrée rare chez lui. Il parcourut l'article en première page. Le président de la France s'appelait Hollande. Tiens, quelle drôle d'idée ! Le président de la Hollande s'appelait-il monsieur France, à tout hasard ? Ces Européens étaient bien étranges.

Et que dire de cet ancien patineur artistique qui parcourait chaque année depuis Paris, à l'occasion de l'anniversaire de la mort de Michael Jackson, six mille kilomètres en moonwalk pour rejoindre le cimetière de Forest Lawn Memorial Park, dans la banlieue de Los Angeles, où son idole était enterrée ? Ajatashatru n'était pas un crack en géographie mais il avait du mal à s'imaginer l'homme continuer à exécuter le célèbre pas de danse pendant la traversée de l'Atlantique, que ce soit à bord d'un avion ou d'un bateau.

Pris d'un rire nerveux et d'une irrésistible envie d'uriner, l'Indien se leva du canapé et traversa en chaussettes, sans moonwalker, les salons témoins en direction des toilettes.

Mais il ne devait jamais les atteindre.

Des voix et des bruits de pas venant de l'escalier principal éclatèrent dans le silence du magasin, transformant pour un instant la délicate poitrine d'Ajatashatru en gradins de supporters un soir de match. Affolé, il regarda de tous les côtés et se dissimula dans la première armoire qui passait par là, une espèce de consigne métallique bleue à deux portes, œuvre maîtresse de la toute nouvelle collection *American teenager*. Une fois à l'intérieur, il pria pour que l'on ne trouve pas sa veste posée sur le sofa situé à quelques mètres de là. Il pria aussi pour que l'on ne découvre pas son plateau-télé abandonné sur la table. Il pria surtout pour que personne n'ouvre la porte de l'armoire. Le cas échéant, il dirait qu'il s'y était engouffré pour prendre des mesures et qu'il n'avait pas vu le temps passer. Il sortit de la poche de son pantalon un crayon en bois et une règle en papier d'une longueur d'un mètre griffés Ikea et se tint là, immobile dans le noir, s'attendant à ce qu'on le surprenne d'une seconde à l'autre. Dans sa poitrine, les supporters de foot étaient en train de tout casser. Dehors, les voix se rapprochèrent, l'entourèrent même, mais en fin de compte personne ne le découvrit. Peut-être eût-ce été une bonne chose qu'on le vît.

Julio Sympa et Michou Lapaire, le directeur de l'Ikea Paris Sud Thiais et son responsable de décoration, gravirent les escaliers qui menaient aux pièces témoins, suivis de leur cour, une ribambelle d'hommes et de femmes en tee-shirt jaune et pantalon commando bleu marine.

S'ils étaient encore au travail à cette heure-ci, c'était pour mettre en place la nouvelle collection.

Julio Sympa, un géant de deux mètres qui avait gravi quatre fois le mont Blanc et lu chaque fois en son sommet *Pourquoi j'ai aussi froid* de Josette Camus avant d'en redescendre, huit cent cinquante-trois pages plus tard, s'arrêta devant la chambre *American teenager* et pointa son doigt dans plusieurs directions avant de continuer sa route.

Michou Lapaire, qui avait toujours désiré naître sous la forme d'une femme, notait sur son cahier rose le nom des meubles désignés par son patron en brassant beaucoup d'air autour de lui.

Pendant ce temps-là, les membres de l'équipe technique, dont la plupart n'avaient certainement jamais entendu parler de *Pourquoi j'ai aussi froid* de Josette Camus ni rêvé de naître sous un sexe différent, enfilaient leurs gants, déroulaient le papier bulle et poussaient les caisses qui serviraient à transporter les meubles sans risque de casse. Pour des raisons d'impératifs de temps, le directeur avait donné l'instruction de ne pas démonter les meubles (un comble chez Ikea !) et de les enfermer directement dans les grosses caisses en bois. Ainsi, ils éviteraient un démontage et un remontage aussi tortueux pour l'esprit que douloureux pour le corps.

Alors que les techniciens s'affairaient à surélever l'armoire métallique bleue et à l'enfermer dans une boîte en bois bien plus grande qu'elle, on entendit comme un léger clapotement, un discret filet d'eau qui coule d'un robinet. Si l'un d'eux avait ouvert l'armoire à ce moment-là, il aurait trouvé un Ajatashatru en bien fâcheuse posture, debout, recroquevillé contre un coin, tout occupé à laisser libre cours à l'imagination débordante de sa vessie pendant qu'on le valdinguait à quelques centimètres au-dessus du sol. On pissait aussi mal dans une armoire que dans un avion, remarqua l'Indien qui n'aurait jamais cru être un jour amené à une telle constatation.

Quoi qu'il en soit, personne n'ouvrit la porte de l'armoire.

— Quand vous aurez débarrassé tout cela, dit Julio Sympa qui n'avait pas les oreilles dans sa poche, réparez-moi cette fuite.

Puis il pointa de nouveau son doigt inquisiteur vers un bureau-toboggan à quelques mètres de là, comme s'il le condamnait à mort. Ce qui était un peu le cas.

Au même moment, c'est-à-dire à l'instant précis où Julio Sympa pointait son doigt inquisiteur vers un bureau-toboggan comme s'il le mettait à mort, à 23 heures tapantes donc, Gustave Palourde garait son taxi sur le bas-côté de la route, s'assurait que ses vitres et ses portes étaient bien fermées et commençait à compter, en se frottant les mains, la recette de la journée.

C'était le petit rituel de la fin de service, la petite satisfaction du travail bien fait. Depuis que sa femme, Mercedes-Shayana, l'avait surpris, un jour, à la maison (c'est ainsi qu'ils appelaient leur caravane), en train de compter les billets après le travail et, une fois repérée sa cachette, lui avait volé une bonne partie de l'argent pour s'acheter des sacs croco en peau de veau, Gustave avait pris l'habitude d'agir ainsi. Il ne faut pas tenter le diable, répétait-il à ses collègues depuis l'incident, même s'il ne s'habille pas forcément en Prada…

Une fois la recette comptée, le vieux Gitan jeta un coup d'œil à son bloc-notes et s'aperçut que le cumul des courses qu'il avait effectuées dans la journée ne correspondait pas à la somme qu'il avait dans les mains, qu'il avait arrêté de frotter, contrarié. Il refit les calculs, plusieurs fois, de tête puis avec l'application calculatrice de son portable, mais le résultat était toujours le même. Il y avait une différence de cent euros. Il fouilla la trousse de maquillage qu'il avait « empruntée » à sa femme, simple retour des choses, et dans laquelle il transvasait l'ensemble des espèces, fouilla son portefeuille, de plus en plus nerveux, passa la main sous son siège, puis sous celui du passager, puis dans les compartiments sous les fenêtres et même, gagné par le désespoir, dans la rainure du levier de vitesse. Partout il ne trouva que de la poussière.

Cent euros. Gustave repensa au billet vert de l'Indien qu'il avait déposé à Ikea. Ça avait été la course la plus chère de la journée, il n'avait donc pas pu rendre à un autre client le billet comme monnaie.

— Et si je n'ai pas ce foutu billet, c'est que…

Il ne fallut pas plus longtemps au Gitan pour se rendre compte qu'il avait été victime de plus filou que lui. Il se remémora la scène. L'Indien lui tendant le billet. Lui le prenant dans la main. Lui ouvrant son portefeuille et le glissant dedans. L'Indien agitant les bras pour lui montrer quelque chose. Lui regardant. Lui ne voyant rien d'intéressant. Lui se disant que l'Indien est un brin siphonné. Lui rangeant son portefeuille. Lui se penchant vers la boîte à gants pour prendre une carte de visite.

— Le fumier ! s'exclama Gustave. Les grands gestes, c'était pour attirer mon regard vers autre chose pendant qu'il reprenait son billet. *Cabrón*[1] !

S'il y avait bien quelque chose que le taxi parisien ne supportait pas, c'était d'être le filou filouté, l'arroseur arrosé, le dindon de la farce, le con du dîner. Il se promit de retrouver l'Indien sur-le-champ et de lui faire manger son turban, parole de Gitan.

Sur ces mots, il caressa la statuette de Sara, patronne des Gitans, accrochée au rétroviseur. Et quand il démarra en trombe, elle bouscula saint Fiacre, patron des taxis, qui pendait à ses côtés.

Durant tout le voyage vers la maison (la caravane), Gustave maudit l'Indien entre ses dents. Il n'écouta même pas son CD des Gipsy Kings qu'il avait toujours dans le lecteur, c'est dire s'il était énervé. Et alors qu'il attendait qu'un feu rouge crache sa pastille Valda, une idée germa dans sa tête. Une fois ses emplettes terminées dans le magasin, l'Indien avait peut-être utilisé la carte de Taxis Gitans qu'il lui avait donnée. Si c'était le cas, un de ses collè-

1. Insulte espagnole un tantinet plus violente que « méchant garçon ». (*N. d. A.*)

gues avait forcément pris la course. Il n'aurait plus qu'à lui demander où il l'avait déposé et il irait le retrouver là-bas et lui faire sa fête. Ni une ni deux, Gustave s'empara de l'émetteur radio.

— À toutes les unités (il avait copié la phrase de *Starsky & Hutch*), est-ce que l'un de vous a pris un Indien, aujourd'hui, costume gris froissé, cravate rouge épinglée à la chemise, turban blanc sur la tête, visage barré d'une moustache, grand, sec et noueux comme un arbre, un hindou quoi, depuis l'Ikea Paris Sud Thiais ? C'est un code V (comme *Voleur*), je répète, un code V (comme *Vermine*), vous avez bien entendu, un code V (comme *tu Vas Voir ce que tu Vas Voir*, *Ver mine de Voleur si je te retrouVe* !).

— Faire confiance à un *payo*, Indien de surcroît, pour un trajet Roissy-Ikea, on ne m'y reprendra plus, grogna le taxi tout en se disant qu'un événement pareil devait se produire aussi régulièrement que le passage de la comète de Halley (le prochain était prévu pour le 28 juillet 2061) et que ce n'était peut-être pas une bonne chose, après tout, d'en parler au dîner à sa femme et de passer pour un idiot devant sa fille qui le prenait déjà assez pour un con comme ça.

Au bout de quelques minutes, aucun des collègues en service cet après-midi-là n'annonça avoir pris le mystérieux passager. Soit il a contacté une autre compagnie de taxis, soit il a loué une fourgonnette pour son compte, soit il se trouve toujours dans la zone industrielle, en déduisit Gustave. Pour les deux premières options, je ne peux rien tenter avant demain. Par contre, pour la dernière, je peux toujours aller voir s'il y a un hôtel à proximité du magasin. Je suis dans le coin, cela ne me prendra qu'un petit quart d'heure.

Disant cela, il fit demi-tour dans un bruyant dérapage pendant lequel Sara, patronne des Gitans, se blottit quelques instants dans les bras protecteurs d'un saint Fiacre tout souriant.

Lorsque Gustave arriva devant Ikea, un gros camion de transport de marchandises en sortait. Il se mit sur le côté et le laissa passer, à mille lieues d'imaginer que dans sa remorque se trouvait une énorme caisse en bois qui, à l'instar des poupées russes, en contenait une plus petite en carton qui contenait une armoire en métal qui contenait à son tour l'Indien qu'il recherchait.

Il reprit la route, fit le tour de l'établissement mais ne vit rien de suspect. Un immense centre commercial fermé, un Starbucks Coffee ouvert mais vide, on trouvait de tout. De tout sauf un hôtel. De tout sauf un grand Indien mince, sec et noueux comme un arbre, en costume cravate et turban qui arnaquait les honnêtes taxis gitans français.

Il y avait bien, de l'autre côté de l'avenue, des lotissements, mais à moins qu'il ne connaisse quelqu'un y résidant, le voleur ne pouvait pas s'y trouver.

Quoique…, se dit Gustave, qui ne manquait jamais un épisode de *Pékin Express* et de *J'irai dormir chez vous*. Avec ce genre de personnage, on n'est sûr de rien. Il a peut-être trouvé refuge chez l'habitant pour la nuit, avec son bagout et ses tours de passe-passe.

Et comme on ne sait jamais, il se faufila avec sa Mercedes dans les rues peuplées de jolies maisons, se perdit cinq bonnes minutes dans ce dédale de propriétés et ressortit sur l'avenue principale d'où il venait.

Il fallait régler tout de suite cette affaire, car le lendemain il partait en vacances en Espagne avec la famille. Il ne voyait donc qu'une solution : faire appel à des professionnels.

La nouvelle charte d'accueil du public de la Police nationale décrétait qu'à partir de maintenant tout bon citoyen français avait le droit de porter plainte pour toutes sortes d'infractions, aussi futiles fussent-elles, et ce dans le commissariat de son choix. Le policier, lui, qui n'avait aucun droit, avait le devoir de prendre la plainte, aussi futile la considérât-il, et surtout de ne plus orienter le plaignant vers un autre commissariat pour s'en débarrasser, pratique jusque-là courante. Il régnait donc, depuis quelques mois, une ambiance malsaine entre des victimes courroucées, lasses que la queue n'aille pas plus vite qu'à la poste ou à la charcuterie du coin, et des policiers aigris de n'être que des humains et non pas des poulpes, dont quelques tentacules auraient pu au moins être mis à profit pour taper plusieurs procès-verbaux à la fois. Sentiment exacerbé lorsque la nuit tombait, puisque le nombre d'établissements ouverts au public fondait alors aussi vite qu'un glaçon sur le nombril de Kim Basinger, concentrant l'ensemble des victimes parisiennes sur un seul et même point, chose que la fameuse nouvelle charte d'accueil souhaitait précisément éviter.

Pas moins de trois heures s'étaient donc écoulées entre le moment où Gustave avait pris la décision d'aviser la police et celui où il signait, victorieux, sa déposition devant le fonctionnaire de permanence.

Soucieux de ne pas rompre l'entente harmonieuse établie par la police de proximité du secteur avec la communauté gitane située de l'autre côté du périphérique, le policier avait dépêché *illico presto* l'officier de nuit et un collègue à Ikea, en compagnie de la victime, afin de visionner les bandes que les caméras de surveillance avaient enregistrées dans la journée. Ils allaient le retrouver, ce foutu fakir indien qui venait semer la zizanie dans leurs minorités, et il rendrait ce qu'il avait volé au taxi jusqu'au dernier centime d'euro.

Voilà comment Gustave Palourde, la commandant de police Alexandra Lafève et le gardien de la paix Stéphane Demarbre se retrouvèrent, en pleine nuit, dans l'exigu poste de sécurité du magasin à regarder un Indien fraîchement débarqué de son pays qui passait vingt bonnes minutes à admirer les portes automatiques donnant sur le vestibule avant de se décider à entrer.

— S'il fait ça à chaque porte, on est là jusqu'à demain soir, dit le vigile aux commandes de l'enregistreur.

— Il n'y a plus aucune porte après, rectifia le directeur du magasin, monsieur Julio Sympa, en essuyant ses lunettes rondes à la Harry Potter avec un épais mouchoir en tissu.

— On pourra toujours visionner la bande en accéléré, ajouta la commandant Lafève, certaine qu'avec une telle proposition, elle ne passerait pas pour une conne, chose dont elle avait horreur, comme son nom ne l'indiquait pas.

— Ça risque de ressembler à *Benny Hill*, s'exclama le taxi, dont les références culturelles se limitaient au seul monde télévisuel.

— Taisez-vous et laissez-nous travailler ! coupa froidement Demarbre, qui avait toujours un peu de mal à le rester, de marbre.

Étranger à cette conversation animée sur sa personne, l'Indien errait dans les couloirs. Dès qu'une caméra le perdait, une autre le reprenait aussitôt dans son champ. Et lui qui n'en avait pas repéré une seule ! On le vit manger au restaurant accompagné d'une belle blonde qui l'avait bousculé dans la queue et lui avait cassé ses lunettes de soleil.

— Elle va passer à la casserole, observa Gustave, qui avait l'impression de regarder un épisode de *Secret Story* dans sa caravane.

On passa le repas en accéléré, puis les déambulations de l'homme maintenant seul dans les couloirs. Cela ressemblait effectivement à un sketch de *Benny Hill*. On remit le tout à vitesse normale lorsque l'Indien se glissa, contre toute attente, sous un lit.

— Birkeland. Excellent choix, c'est notre lit vedette, dit Julio Sympa avant que trois paires d'yeux noirs ne le dévisagent.

On vit ensuite le voleur sortir de sa cachette, se préparer un petit plateau en cuisine et le déguster en regardant un téléviseur en plastique désespérément vide dans un salon témoin. Il lut ensuite un journal, affalé sur le sofa, en chaussettes. Il n'aurait pas fait mieux s'il avait été chez lui.

— On le tient ! s'exclama d'un coup le vigile en tapotant de son index l'écran du téléviseur.

Puis il se leva de son siège comme un petit diable monté sur ressorts, se précipita vers la porte et sortit sans que personne sache quelle mouche l'avait piqué.

Seuls, les autres continuèrent de visionner l'enregistrement. Vers 22 h 15, le directeur du magasin apparaissait sur l'écran, accompagné d'un petit gros qui semblait toujours avoir désiré être une femme et d'une équipe technique au grand complet. Julio Sympa se trouva très photogénique et regretta de ne pas avoir fait une carrière dans le cinéma.

— Le rôle d'Harry Potter était déjà pris, murmura-t-il résigné en réajustant ses lunettes.

On vit alors l'Indien sauter à cloche-pied et se cacher dans une armoire métallique bleue avant que des techniciens ne commencent à l'emballer dans du papier bulle puis dans un carton et enfin dans une grosse caisse en bois. L'équipe arrima ensuite le tout avec de longues sangles puis emporta le paquet sur un gigantesque chariot électrique en direction du monte-charge.

À ce moment-là, le vigile, féru de séries policières américaines, entra dans le poste de sécurité. Il portait le plateau-télé de l'Indien, retrouvé à sa place sur la table basse du salon blanc et noir laqué. Il avait empilé dessus une veste grise, une cravate rouge et une paire de chaussures noires.

— Cette assiette et ce verre sont truffés d'empreintes, annonça-t-il fièrement, et vous retrouverez sûrement des cheveux ou des poils sur ces quelques vêtements.

La commandant de police fit une petite mine de dégoût en voyant les chaussures sales. Ignorant le vigile, elle se tourna vers le directeur du magasin.

— Qu'avez-vous fait de cette armoire ?

— L'armoire que l'on voit dans cette

séquence ? bafouilla l'homme qui se décomposait à vue d'œil.

— Oui, l'armoire que l'on ne voit justement plus dans cette séquence.

— Expédiée…

— Expédiée ?

— Oui, envoyée, transférée.

— Je sais très bien ce que signifie « expédiée », coupa Lafève qui sentait que l'on commençait à la prendre pour une conne. Mais où l'avez-vous envoyée ?

L'homme se mordit la lèvre supérieure. Si seulement il avait été Harry Potter à ce moment-là, il aurait pu se faire disparaître d'un coup de baguette magique.

— Au Royaume-Uni…

Tout le monde avala sa salive en même temps.

GB

Great Britain

Des voix réveillèrent Ajatashatru.

De grosses voix d'hommes.

Il ne s'était même pas aperçu qu'il s'était assoupi. Depuis qu'il était entré dans l'armoire, on l'avait valdingué dans tous les sens. Il s'était senti élevé de terre, il s'était senti rouler. On l'avait surtout cogné contre des murs, des escaliers, et d'autres ONI, Obstacles non identifiés.

Plusieurs fois, il avait été tenté de sortir et de tout avouer. C'était peut-être mieux que d'être chahuté et transporté vers l'inconnu. Par ailleurs, l'obscurité et les voix incompréhensibles en français, de l'autre côté de la cloison, avaient quelque chose d'oppressant.

Néanmoins, Ajatashatru avait tenu bon.

Au bout de quelques minutes, cela avait payé. Il n'avait plus rien entendu ni senti. Il s'était d'ailleurs cru mort. Mais la douleur provoquée par le pincement qu'il s'était infligé sur le dos de la main lui avait confirmé qu'il ne l'était pas, pas encore du moins, et qu'on l'avait seulement abandonné à son triste sort dans le silence et les ténèbres. Il avait alors tenté de sortir de l'armoire mais il n'y était pas parvenu. Épuisé et résigné, il avait dû glisser dans les puissants limbes du sommeil.

À présent, les grosses voix n'arrêtaient pas de parler. L'Indien crut en identifier cinq différentes. Ce n'était pas évident, elles avaient toutes la même tonalité grave, sourde, comme sorties d'outre-tombe. Mais une chose était sûre, il ne s'agissait plus de celles qu'il avait entendues autour de lui au magasin. Elles parlaient si vite et elles s'exprimaient dans une langue pleine d'onomatopées, de sons secs, abrupts qui ne lui étaient pas inconnus. Une langue arabe mais parlée par des Noirs, pensa l'Indien.

Un des hommes éclata de rire. On aurait dit un matelas aux ressorts grinçants sous l'ardeur de deux amants.

Ne sachant pas si ces voix étaient celles d'amis ou d'ennemis, le fakir retenait sa respiration. Par ami, il entendait toute personne qui ne s'offusquerait pas de le trouver dans cette armoire. Par ennemi, tous les autres : employés d'Ikea, policiers, l'éventuelle acheteuse de l'armoire, l'éventuel mari de l'éventuelle acheteuse rentrant du travail et trouvant un Indien en chaussettes dans sa nouvelle armoire.

À grand-peine, il déglutit et essaya de s'humidifier la bouche. Il avait les lèvres pâteuses, comme si quelqu'un les lui avait collées avec de la glu. Alors un terrible sentiment de panique l'assaillit, plus terrible encore que la peur d'être découvert vivant, celui d'être retrouvé mort dans cette armoire en tôle bon marché.

Durant ses performances au bled, Ajatashatru restait des semaines sans manger, assis en position du lotus dans le tronc d'un figuier banian, comme l'avait fait, deux mille cinq cents ans plus tôt, le fondateur du bouddhisme, Siddharta Gautama. Il ne s'accordait que le luxe de s'alimenter, une fois par jour, à midi, des vis, boulons et autres clous rouillés que les gens du village voulaient bien lui apporter comme offrandes. En mai 2005, un adolescent de quinze ans du nom de Ram Bahadur Bomjam, présenté par ses adorateurs comme méditant depuis six mois sans boire ni manger, lui avait volé la vedette. Les télévisions du monde entier s'étaient alors tournées vers l'imposteur, délaissant Ajatashatru dans son petit arbre.

En vérité, gourmand comme il l'était, notre fakir ne pouvait passer plus d'une journée sans s'alimenter. Dès que le soleil se couchait, chaque soir, on était venu refermer la toile de tente pendue devant le figuier et il s'était nourri des victuailles que son cousin Rhibbasmati (prononcez *Riz basmati*), complice de bon nombre de ses tours, était venu lui apporter. Pour ce qui était des vis et des boulons, ils étaient en charbon, ce qui, loin d'être très agréable à manger, était tout de même plus facile à déglutir que de vrais clous en acier, aussi rouillés fussent-ils.

Mais Ajatashatru n'avait jamais jeûné enfermé dans une armoire sans victuailles cachées dans le double-fond. Peut-être y arriverait-il s'il y était contraint. Après tout, il s'appelait Aja (prononcez *À jeun*). Le médecin de Kishanyogoor lui avait un jour affirmé qu'un être humain, fakir ou pas, ne pouvait survivre en moyenne plus de cinquante jours sans nourriture et pas plus de soixante-douze heures sans eau. Soixante-douze heures, autant dire trois jours.

Bien sûr, il ne s'était passé que cinq heures depuis qu'il avait bu et mangé pour la dernière fois, mais cela, l'Indien ne le savait pas. Dans l'obscurité de l'armoire, il avait perdu toute notion du temps. Et comme il se trouvait qu'il avait soif à ce moment-là, sa nature hypocondriaque, pas trop compatible avec la fonction de fakir, le poussa à croire qu'il avait déjà peut-être passé le délai des soixante-douze heures fatidiques enfermé là-dedans et que son espérance de vie était sur le point de se consumer comme une bougie allumée depuis trop longtemps.

Si le docteur disait vrai, l'Indien devrait boire rapidement. Voix amies ou ennemies derrière la cloison, notre homme poussa à nouveau la porte de l'armoire afin de se dégager. C'était une question de vie ou de mort. Mais encore une fois, ses efforts furent vains. Ses bras frêles et noueux ne lui permettaient pas de casser, à l'inverse de ses héros de Bollywood, des portes d'armoires, qu'elles fussent ou non d'Ikea.

Il dut faire un peu de bruit car les voix cessèrent d'un coup.

De nouveau, Ajatashatru retint sa respiration et attendit, les yeux grands ouverts, bien qu'il fît noir tout autour de lui. Mais il n'était pas sur scène, dans une cage en verre remplie d'eau, avec un couvercle assez épais pour pouvoir y respirer dès le rideau baissé. Il ne tint donc que quelques secondes en apnée et reprit sa respiration dans un bruyant renâclement de cheval.

Il entendit des petits cris de stupeur de l'autre côté de la paroi, puis des signes d'agitation : une boîte de conserve qui tombe sur un sol métallique, des gens qui se bousculent.

— Ne partez pas ! lança-t-il avec son meilleur accent anglais.

Après un bref silence, une voix lui demanda, dans la même langue, qui il était. L'accent était sans équivoque. Il s'agissait bien d'un Noir. Mais bon, depuis l'intérieur d'une armoire plongée dans l'obscurité, tout le monde pouvait le paraître.

L'Indien savait qu'il devait être vigilant. Les Africains étaient, pour beaucoup, de religion animiste et prêtaient facilement vie à toute chose, un peu comme dans *Alice au pays des merveilles*. S'il ne leur disait pas la vérité, ils croiraient sans doute avoir affaire à une armoire qui parle et s'enfuiraient à toutes jambes de ce lieu maudit, emportant avec eux la seule chance pour lui de sortir de là vivant. Il ignorait encore que ces hommes n'étaient pas animistes mais musulmans et que, se trouvant dans un camion, ils n'auraient jamais pu prendre leurs jambes à leur cou et partir bien loin, même s'ils en avaient éprouvé la plus vive envie.

— Eh bien, puisque vous me le demandez, je me nomme Ajatashatru Lavash, commença l'Indien en usant de son accent britannique le plus oxfordien (une armoire ne pouvait avoir un si bel accent). Je suis Rajasthanais. Peut-être n'allez-vous pas le croire mais je me suis retrouvé coincé dans cette armoire alors que j'en prenais les mesures dans un grand magasin français, enfin suédois. Je n'ai ni eau ni nourriture. Pourriez-vous me dire où nous sommes, s'il vous plaît ?

— On est dans un camion de marchandises, dit une voix.

— Un camion de marchandises ? Tiens donc ! Et roule-t-on ?

— Oui, fit une autre voix.

— Bizarre, je ne sens rien, mais je vous crois si vous le dites, je n'ai pas trop le choix d'ailleurs. Et puis-je savoir vers où nous roulons, si ce n'est pas indiscret ?

— L'Angleterre.

— Enfin, j'espère, dit encore une autre voix.

— Vous espérez ? Et puis-je vous demander ce que vous faites dans un camion de marchandises dont vous ignorez avec certitude le cap ?

Les voix se concertèrent un instant dans leur langue native. Au bout de quelques secondes, une voix plus grosse, plus puissante, sans doute celle du leader, prit le relais de la conversation et répondit.

L'homme dit qu'il s'appelait Wiraj (prononcez *Virage*), qu'ils étaient six dans ce camion et tous Soudanais. Il y avait Kougri, Basel, Mohammed, Nijam et Amsalu (prononcez tout cela comme il vous plaira). Hassan, qui s'était fait arrêter par la police italienne, manquait à l'appel. Les sept hommes étaient partis de leur pays, plus exactement de la ville de Djouba dans l'actuel Sud-Soudan, il y avait de cela près d'un an. Ils avaient vécu depuis lors un périple digne des plus grands romans de Jules Verne.

Depuis la ville soudanaise de Selima, les sept amis avaient traversé la zone frontalière commune au Soudan, à la Libye et à l'Égypte. Là, des passeurs égyptiens les avaient conduits en Libye, d'abord à Al-Koufrah, au sud-est, puis à Benghazi, dans le nord du pays. Puis, ils s'étaient rendus à Tripoli où ils avaient travaillé et vécu pendant huit mois. Une nuit, ils avaient embarqué sur un bateau de fortune, avec soixante autres personnes, afin d'atteindre les côtes de la petite île italienne de Lampedusa. Arrêtés par les carabinieri, on les avait placés dans le centre de Caltanissetta. Des trafiquants avaient facilité leur sortie pour ensuite mieux les séquestrer et demander une rançon à leur famille. Mille euros, une somme astronomique pour eux. La communauté s'était cotisée et on avait payé. Sauf pour Hassan, qui n'avait jamais pu sortir. Les otages avaient été libérés et mis dans un train qui reliait l'Italie à l'Espagne. Ils s'étaient retrouvés à Barcelone, croyant que la ville se trouvait dans le nord de la France, y avaient passé quelques jours avant de réparer leur erreur en prenant un nouveau train vers l'Hexagone, et plus précisément vers Paris. Bref, les clandestins avaient mis presque un an pour parcourir illégalement la même distance qu'un passager en règle aurait parcouru en à peine onze heures de vol. Un an de souffrance et d'incertitude contre onze heures assis confortablement dans un avion.

Wiraj et ses acolytes avaient ensuite traîné trois jours dans la capitale avant de reprendre le train à destination de Calais, dernière étape avant le Royaume-Uni. Ils y étaient restés dix jours, aidés en grande partie par des volontaires de la Croix-Rouge, bénis soient-ils, qui leur avaient donné de quoi manger et un endroit pour dormir. C'est d'ailleurs comme ça que la police connaissait le nombre approximatif d'immigrés illégaux en attente sur la zone. La Croix-Rouge avait servi deux cent cinquante couverts ? Eh bien il y avait au moins deux cent cinquante clandestins dans le coin.

Pour la police, ils étaient des clandestins, pour la Croix-Rouge, ils étaient des hommes en détresse. C'était déstabilisant de vivre avec une telle dualité et cette peur au ventre.

Cette nuit, vers 2 heures, ils étaient montés dans un poids lourd alors que celui-ci roulait au pas dans la file de véhicules qui s'apprêtaient à prendre le tunnel sous la Manche.

— Vous voulez dire que vous êtes montés dans un camion en marche ? s'exclama Ajatashatru, comme si cela était le seul point de l'histoire qui avait vraiment de l'importance.

— Oui, répondit Wiraj de sa grosse voix. Le passeur a ouvert la porte avec une barre de métal et on a sauté à l'intérieur. Le chauffeur n'a même pas dû s'en rendre compte.

— Mais c'est très dangereux, ça !

— Ce qui était dangereux, c'était de rester au pays. On n'avait rien à perdre. Je suppose que c'est la même chose pour toi.

— Ah mais, vous faites erreur là, je ne suis pas un clandestin et je n'ai nullement l'intention de me rendre en Angleterre, se défendit l'Indien. Je vous l'ai dit, je suis un fakir tout ce qu'il y a de plus honorable, je me suis retrouvé coincé dans cette armoire alors que j'en prenais les mesures dans un grand magasin. J'étais venu en France pour acheter un nouveau lit à clous et…

— Arrête tes bobards, coupa l'Africain qui ne croyait pas un seul instant l'histoire abracadabrante de l'Indien. Nous sommes dans le même bateau.

— Dans le même camion…, rectifia l'autre à voix basse.

Une conversation édifiante s'engagea alors entre ces deux hommes que tout semblait séparer, à commencer par une porte d'armoire, mais que le sort unissait en fin de compte. Peut-être était-il moins dur pour le clandestin de se dévoiler face à une porte, petit confessionnal improvisé dans les cahots d'un camion ivre, plutôt que face au regard d'un autre homme qui aurait pu le juger d'un froncement de sourcils, d'un battement de paupières. Quoi qu'il en soit, il se mit à raconter à l'Indien tout ce qui lui pesait sur le cœur depuis qu'il avait un jour décidé d'entreprendre ce long voyage incertain. Les inconnus ont souvent la primeur des confessions d'autres inconnus.

Ajatashatru apprit alors que si Wiraj avait quitté son pays, ce n'était pas pour un motif aussi trivial que celui d'aller acheter un lit dans un célèbre magasin de meubles. Le Soudanais avait laissé les siens pour tenter sa chance dans les « beaux pays » comme il se plaisait à les appeler. Car sa seule faute avait été de naître du mauvais côté de la Méditerranée, là où la misère et la faim avaient germé un beau jour comme deux maladies jumelles, pourrissant et détruisant tout sur leur passage.

La situation politique du Soudan avait plongé le pays dans un marasme économique qui avait poussé un grand nombre d'hommes, les plus robustes, sur les chemins rocailleux de l'émigration. Mais même les plus forts devenaient, hors de chez eux, des hommes vulnérables, des animaux battus au regard mort, les yeux pleins d'étoiles éteintes. Loin de leur maison, ils redevenaient tous des enfants apeurés que rien ne pouvait consoler si ce n'est le succès de l'entreprise.

Avoir le cœur qui frappe fort dans la poitrine, avait résumé Wiraj en se frappant le thorax. Et un bruit puissant avait résonné jusque dans l'armoire d'Ajatashatru. Avoir le cœur qui frappe fort dans la poitrine chaque fois que le camion ralentit, chaque fois qu'il s'arrête. La peur d'être découvert par la police, recroquevillé derrière un carton, assis le cul dans la poussière au milieu de dizaines de caisses de légumes. L'humiliation. Car même les clandestins avaient leur honneur. Dépossédés de leurs biens, de leur passeport, de leur identité, c'était peut-être bien la seule chose qu'il leur restait, d'ailleurs. L'honneur. Voilà pourquoi ils partaient seuls, sans femmes ni enfants. Pour que jamais on ne les voie ainsi. Pour qu'on se les rappelle grands et forts. Toujours.

Et puis ce n'était pas la peur des coups qui tordait les entrailles, non, car sur cette rive-là de la Méditerranée, on ne frappait pas, c'était la peur d'être renvoyé dans le pays d'où l'on venait, ou pire encore, dans un pays que l'on ne connaissait pas, parce que les Blancs s'en foutaient pas mal vers où ils vous balançaient, l'important pour eux étant de ne plus vous avoir chez eux. Un Noir, ça fait vite désordre. Et ce rejet était plus douloureux que les coups de bâton qui ne détruisent en somme que les corps et non les âmes. C'était une cicatrice invisible qui ne disparaissait jamais et avec laquelle il fallait apprendre à vivre, à revivre, à survivre.

Car leur volonté était inébranlable.

Tous les moyens étaient bons pour rejoindre un jour les « beaux pays ». Même si en Europe on ne désirait pas partager le gâteau avec eux. Wiraj, Kougri, Basel, Mohammed, Nijam, Amsalu, six parmi des centaines qui avaient tenté leur chance avant eux ou la tenteraient après. C'étaient toujours les mêmes hommes, toujours le même cœur qui battait dans ces poitrines affamées et pourtant, dans ces pays où tout poussait à profusion, les maisons, les voitures, les légumes, la viande et l'eau, certains les considéraient comme des personnes en détresse et d'autres comme des criminels. D'un côté les associations, de l'autre la police. D'un côté ceux qui les acceptaient sans leur demander de comptes, de l'autre ceux qui les renvoyaient chez eux sans sommation. Il y en avait pour tous les goûts dans ce monde. Et Wiraj répéta qu'il était impossible de vivre avec cette dualité et cette peur au ventre de ne jamais savoir sur quoi on allait tomber.

Mais le jeu en valait la chandelle.

Eux, ils avaient tout abandonné pour se rendre dans un pays où ils pensaient qu'on les laisserait travailler et gagner de l'argent, même s'il fallait pour cela ramasser la merde avec les mains. C'était tout ce qu'ils demandaient, ramasser la merde avec les mains, du moment qu'on les acceptait. Trouver un travail honnête afin de pouvoir envoyer de l'argent à leur famille, à leur peuple, pour que leurs enfants n'aient plus ces ventres gros et lourds comme des ballons de basket, et à la fois si vides, pour qu'ils survivent tous sous le soleil, sans ces mouches qui se collent sur vos lèvres après s'être collées sur le cul des vaches. Non, n'en déplaise à Aznavour, la misère n'était pas moins pénible au soleil.

Pourquoi certains naissaient-ils ici et d'autres là ? Pourquoi certains avaient-ils tout, et d'autres rien ? Pourquoi certains vivaient-ils, et d'autres, toujours les mêmes, n'avaient-ils que le droit de se taire et de mourir ?

— Nous avons trop avancé maintenant, continua la voix caverneuse. Nos familles nous ont fait confiance, elles nous ont aidés à payer ce voyage et elles attendent maintenant qu'on les aide en retour. Il n'y a pas de honte à voyager dans une armoire, Ajatashatru. Car tu comprends, toi, l'impuissance d'un père lorsqu'il ne peut même pas donner un morceau de pain à ses enfants. Voilà pourquoi nous sommes là, tous, dans ce camion.

Le silence se fit.

Ce fut le deuxième coup d'électrochoc que le fakir reçut en plein cœur depuis le début de cette aventure. Il ne dit rien. Parce qu'il n'y avait rien à dire. Honteux de ses viles motivations, il remercia Bouddha pour se trouver de ce côté-ci de la porte et ne pas avoir à regarder l'homme dans les yeux.

— Je comprends, réussit tout de même à bafouiller l'Indien très ému.

— À ton tour maintenant, Aja. Mais avant, nous allons te sortir de là afin que tu puisses boire un peu d'eau et t'alimenter. À en croire ta voix étouffée, la caisse doit être épaisse.

— Ce n'est pas à cause de la caisse… murmura-t-il pour lui-même en avalant un sanglot.

Le fakir ne pleura pas toutes les *lames* de son corps, mais une chape de plomb bien lourde venait quand même de s'abattre sur ses épaules frêles. Un peu comme s'il ne s'était plus trouvé à l'intérieur de cette armoire, mais dessous, écrasé par le poids des révélations, des remords, de cette vie qui parfois pouvait se montrer si dure et injuste. Et le temps qu'on le dégage de sa prison métallique, Ajatashatru réalisa qu'il avait été bien aveugle jusque-là et qu'il existait un monde bien plus noir et sournois que celui qui l'avait vu naître.

La vie n'avait pas été un long Gange tranquille pour lui. Il n'avait pas eu à proprement parler ce que l'on pourrait appeler, de notre côté du globe, une enfance très heureuse ou une enfance modèle. Il y avait d'abord eu la mort de sa mère et l'abandon de son père, puis les agressions sexuelles et les violences répétées qu'un enfant aux jolis traits et un brin chahuteur attire sans le vouloir dans les milieux régis par la loi du plus fort. Il avait été propulsé dans une vie d'adulte, dans ce qu'elle avait de plus laid et de plus dur, sans passer par la case enfance. Mais après tout, il avait eu un foyer et puis des gens l'aimaient, ses cousins, sa voisine qui l'avait éduqué comme son fils. Il ne savait pas s'il devait mettre ses fidèles dans le lot. En réalité, ces gens le craignaient peut-être plus qu'ils l'aimaient. C'est à cause de tout cela qu'il n'avait jamais ressenti l'envie de partir, de quitter son pays. Il avait quelquefois eu faim, oui, et avait payé de son corps pour cela, en l'occurrence de sa moustache, car il avait toujours réussi à sauver ses mains de l'amputation. Mais après tout, un fakir, ça voyait la vie en douleurs, non ? Alors, de quoi se plaignait-il ?

Tandis que les plaques de bois de la caisse craquaient sous les coups de barre de fer, Ajatashatru s'imagina les Africains bondissant comme des félins hors de la nuit, et montant dans tous ces camions en marche qui avaient jalonné leur chemin jusqu'ici. Wiraj avait avoué qu'ils s'introduisaient aussi dans les remorques lorsque les chauffeurs se reposaient sur les aires d'autoroute, la nuit, si possible lorsqu'il pleuvait afin que le bruit de la pluie amortisse leurs mouvements. Il les imagina cachés derrière des conteneurs, transis de froid, à bout de souffle, affamés. Mais tous les voyages ont une fin, même les plus durs, même les plus éprouvants, et ils étaient en passe d'arriver à bon port, bien que Londres, assise au milieu des terres, n'en comptât pas. Ils avaient réussi leur mission. Ils allaient pouvoir chercher du travail et envoyer de l'argent à leurs familles. Et il était heureux de se trouver avec eux sur la ligne d'arrivée, d'être témoin de la réussite de leur valeureuse entreprise.

— Vous avez tout compris Wiraj, lorsqu'on ne vous donne pas ce que vous méritez, il faut le prendre vous-même. C'est un principe qui a toujours régi ma vie, ajouta-t-il sans préciser que le vol entrait dans cette jolie définition.

L'Indien venait de comprendre qu'il avait devant lui les vrais aventuriers du XXIe siècle. Ce n'étaient pas les navigateurs blancs, dans leurs bateaux à cent mille euros, leurs courses à la voile, leurs tours du monde en solitaire dont tout le monde se foutait sauf leurs sponsors publicitaires. Eux n'avaient plus rien à découvrir.

Ajatashatru sourit dans la nuit. Il voulut lui aussi, au moins une fois dans sa vie, faire quelque chose pour quelqu'un d'autre et non plus seulement pour lui-même.

Mohammed, le plus petit des Soudanais, avait trouvé sur le sol la barre de fer que le passeur avait utilisée pour ouvrir les portes du poids lourd. Dans la précipitation, l'homme avait dû la faire tomber et l'oublier là avant de redescendre du camion.

Nijam et Basel, les plus costauds, l'avaient donc utilisée pour forcer les charnières de la grosse caisse en bois dans laquelle était enfermé l'Indien, clandestin malgré lui. Un quart d'heure après, ils en étaient venus à bout, dévoilant, à la lumière de leurs lampes électriques, un grand carton qui contenait une armoire métallique bleue semblable aux consignes d'aéroport ou aux vestiaires des clubs de foot.

— Je me demande comment tu peux encore respirer, dit Wiraj en écartant rapidement du bras la couche de papier bulle qui enveloppait l'armoire.

Puis la porte s'ouvrit enfin et Ajatashatru apparut, splendide au milieu de ses effluves d'urine.

— Vous êtes tels que je vous imaginais ! s'exclama l'Indien en voyant pour la première fois ses compagnons de voyage.

— Toi, non, répondit avec franchise le leader qui s'attendait peut-être à voir le Rajasthanais en sari, un grand poignard à la ceinture et tenant un éléphant à petites oreilles en laisse.

Il considéra un instant le fakir qui se tenait debout devant lui, un homme grand, sec et noueux comme un arbre. Il portait un turban blanc un peu sale sur la tête, une chemise blanche froissée et un pantalon de costume gris en soie brillante. Il avait des chaussettes blanches de sport aux pieds. On aurait dit un ministre que l'on aurait passé à la machine à laver avec ses vêtements. En soi, rien de tout ce qu'il aurait pu imaginer d'un clandestin rajasthanais, s'il avait, un jour, pris le temps d'imaginer à quoi pouvait bien ressembler un clandestin rajasthanais.

Il le prit quand même dans ses bras et le serra fort avant de lui proposer une grande bouteille d'eau Évian à moitié vide et des barres au chocolat achetées par boîtes de douze au supermarché Lidl de Calais.

Ajatashatru, pris de panique à l'idée de mourir de déshydratation, s'empara de la bouteille et la vida d'un trait sous les yeux hagards des Africains.

— Ça doit faire longtemps que tu es enfermé là-dedans, dit Kougri en secouant la tête.

— Je ne sais pas. Quel jour sommes-nous ?

— Mardi, répondit le chef, qui était le seul à savoir quel jour on était.

— Et quelle heure est-il ?

— Deux heures trente du matin, répondit Basel, qui était le seul à avoir une montre.

— Dans ce cas, je me suis peut-être un peu emballé pour rien, ajouta Ajatashatru en redonnant la bouteille vide à Wiraj.

Et il lui arracha une barre chocolatée des mains. On ne savait jamais…

— Bien, dit le leader. Maintenant que tu es là, avec nous, que tu as bu et mangé, et étant donné qu'il nous reste encore deux bonnes heures, dans le cas probable où ce camion se dirige vers Londres, tu vas nous raconter ton histoire, Aja. Depuis le début. J'ai envie de savoir ce qui t'a poussé à faire ce voyage, même si tes raisons ne doivent pas être trop différentes des nôtres.

Sa voix s'était attendrie, comme si se confier à lui avait créé entre eux un lien invisible, le début d'une amitié que plus rien ne pourrait ébranler. Si ce n'est la vérité, se dit l'Indien en se mordant la lèvre supérieure. Qu'allait-il bien pouvoir raconter à son nouvel ami ? Si son peuple s'était effectivement cotisé pour lui payer son voyage, c'était parce qu'il le trompait et le volait depuis des années. Comment pouvait-il lui avouer que son dernier truc avait été de simuler des rhumatismes et une hernie discale afin qu'on lui paye ce voyage et ce lit à clous qu'il revendrait pour un bon prix au bled ? Comment avouer cela à un homme qui a souffert à chaque seconde de son éprouvant et incertain voyage ?

Ajatashatru se surprit à prier. Bouddha, aide-moi ! supplia-t-il dans sa tête alors que l'immense Noir attendait. Ce fut à peu près à ce moment-là que le camion pila brusquement et que les portes s'ouvrirent.

La première chose qu'Ajatashatru vit de l'Angleterre fut un manteau de neige blanc dans la nuit noire. La scène avait en soi quelque chose d'irréel, surtout en été. On ne lui avait pas menti, il faisait vraiment froid dans ce pays. La banquise ne se trouvait qu'à quelques latitudes de là après tout.

Cependant, en se rapprochant des portes ouvertes, l'Indien s'aperçut que la température était assez bonne pour une nuit d'été en Arctique et que ce qu'il avait d'abord pris pour des flocons de neige n'étaient en fait que les perles de polystyrène qui s'échappaient de l'emballage de son armoire portées par le courant d'air.

L'homme mit sa main devant les yeux comme un pare-soleil. Des étoiles aveuglantes, qui ne tardèrent pas à se changer en phares de voiture, étaient pointées sur lui.

En se retournant, il prit conscience qu'il était maintenant seul et que les Soudanais, comme s'ils avaient été plus sensibles à la lumière que lui, s'étaient tous précipités derrière les caisses en bois, disparaissant totalement et le laissant bien en vue.

— Sortez lentement du véhicule ! cria une voix autoritaire dans un bien meilleur anglais que le sien ou celui des Africains. Et mettez vos mains sur la tête !

L'Indien, qui n'avait rien à se reprocher, s'exécuta sans rien dire et sauta de la remorque. Là, il tomba nez à nez avec un individu vêtu d'un grand turban blanc, comme le sien. Sur le coup, il pensa que l'on avait disposé un miroir devant lui, mais il ne fallait pas être un as du jeu des sept erreurs pour s'apercevoir qu'il n'en était rien. L'homme était soigneusement rasé, à l'inverse d'Ajatashatru qui avait une grande moustache filandreuse et une barbe de trois jours. Ensuite, parce qu'il portait un épais gilet pare-balles noir avec écrit UKBA en grosses lettres blanches. Le fakir ignorait ce que signifiait UKBA mais le pistolet qui pendait à la ceinture de l'homme était déjà en soi un bon élément de réponse. Il pensa donc opportun de lâcher l'excuse qu'il avait préparée à cet effet la veille en s'engouffrant dans l'armoire. Il fouilla sa poche, en sortit le crayon Ikea et le mètre en papier pour illustrer ses propos, tout cela en panjabi.

— Je sais, je sais, répondit, dans la même langue, le policier visiblement habitué à trouver tous les jours des clandestins dans des armoires Ikea munis d'un mètre en papier et d'un crayon.

Puis il le poussa sur le côté, lui palpa chaque membre du corps à travers les vêtements, minutieusement mais fermement, avant de lui passer les menottes pendant que quatre de ses collègues, sortis de la nuit, montaient dans la remorque au pas de gymnastique.

Les hommes redescendirent bientôt accompagnés des six Soudanais, les mains attachées par des Serflex, ces lanières en plastique avec lesquelles les jardiniers attachent les arbres à des pieux afin qu'ils poussent bien droit.

— Qu'est-ce que tu fous avec des Africains ? demanda le policier, abasourdi, en panjabi.

Le fakir ne sut que répondre. La peur au ventre, il se contenta de regarder ses compagnons monter dans un fourgon siglé UKBA, United Kingdom border agency[1], avant d'être lui aussi poussé violemment à l'intérieur. Il venait de vivre ce que son ami avait appelé le syndrome du cœur qui frappe fort quand le camion ralentit et puis s'arrête. Les « beaux pays » venaient de leur donner la bienvenue à leur manière. Wiraj avait raison, on ne savait jamais sur quoi on allait tomber, mais cette fois-ci, la Croix-Rouge ne semblait pas être de la partie.

---

1. Agence nationale britannique chargée de la surveillance des frontières. (*N. d. A.*)

Dans la cellule surpeuplée, Ajatashatru apprit d'un Albanais en survêtement et sandalettes qu'il se trouvait à Folkestone, en Angleterre, à quelques minutes à pied de la sortie (ou de l'entrée, cela dépend du sens dans lequel on roule) de l'Eurotunnel, que non, il n'y avait pas d'Ikea à proximité et que oui, il était dans de beaux draps.

L'Indien regarda autour de lui. Ils étaient tous là, ces hommes dont on ne voulait nulle part. Le voyage pour Wiraj et ses amis avait bel et bien eu une fin, mais pas celle escomptée. Comme il se l'était promis, le fakir avait été avec eux sur la ligne d'arrivée, mais il n'avait pas été témoin du succès de leur valeureuse entreprise comme il le croyait lorsque, enfoui dans son armoire, ses nouveaux amis de fortune l'avaient libéré, par solidarité, de sa prison de métal et de papier bulle, puis lui avaient donné à manger et à boire. Quelqu'un avait dû mélanger les fiches de Bouddha. Ce ne pouvait pas être ça le destin de ces hommes courageux ! Le ciel avait dû se tromper, il ne leur avait pas envoyé le bon comité de réception.

Ajatashatru croisa le regard triste de Wiraj qui, assis sur un banc en ciment entre deux imposants Nord-Africains, avait l'air d'avoir rapetissé. Ses yeux semblaient lui dire « ne t'en fais pas pour nous, Aja ».

Alors que le fakir se faufilait entre les détenus, charmante mosaïque de couleurs, d'accents et d'odeurs en survêtement et sandalettes, et qu'il s'approchait de son compagnon de voyage pour tenter de lui dire quelque chose de réconfortant, le policier indien qui l'avait arrêté une heure plus tôt et se faisait appeler officier Simpson fit ouvrir la porte en Plexiglas derrière laquelle on les retenait tous prisonniers comme des poissons dans un aquarium sans eau, et l'emmena dans son bureau.

— Tu vas passer un sale quart d'heure ! lui lança l'Albanais pour lequel c'était déjà la dixième tentative de passage vers la Grande-Bretagne.

Mais confiant que sa bonne foi et la compréhension du policier, qui avait le même sang que lui après tout, dissiperaient une bonne fois pour toutes ce terrible malentendu, Ajatashatru emboîta d'un pas joyeux celui de son compatriote.

— Que ce soit bien clair, je ne suis pas ton compatriote, dit Simpson, cette fois-ci en anglais, comme s'il avait lu dans les pensées du fakir.

Puis il l'invita à s'asseoir.

— Je suis citoyen britannique et employé gouvernemental dépositaire de l'autorité publique. Je ne suis pas ton ami, ajouta-t-il au cas où un doute subsisterait, et encore moins ton frère ou ton cousin.

Lui, il se croit plus royaliste que le roi, se dit Ajatashatru, réalisant que sa bonne foi et la compréhension du policier ne suffiraient certainement pas à dissiper le terrible malentendu. Si tu es là aujourd'hui, c'est bien parce que tes parents ont un jour dû voyager dans la remorque d'un poids lourd entre deux caisses de fraises espagnoles et de choux-fleurs belges, pensa l'Indien, se gardant bien de partager son sentiment avec l'intéressé. Tes parents ont certainement vécu cette peur qui assaille le ventre chaque fois que le camion ralentit et s'arrête.

Étranger à ces pensées, le policier tapa quelques mots sur son clavier puis leva la tête.

— Alors on va tout reprendre depuis le début et tu vas tout m'expliquer.

Il lui demanda son nom, celui de ses parents, ses date et lieu de naissance et sa profession. Il s'étonna ouvertement de la dernière réponse.

— Tiens, fakir, ça existe toujours, ça ? dit-il avec une petite grimace empreinte de scepticisme et de mépris, puis il lui désigna d'un doigt inquisiteur le sachet transparent scellé qui se trouvait sur le bureau.

L'Indien reconnut aussitôt ses objets personnels.

— Il s'agit de ta fouille. Prends-en connaissance et signe.

Disant cela, le policier tendit au gardé à vue une feuille sur laquelle était reporté chaque objet que l'on avait trouvé sur lui :

- 1 carte de visite Taxis Gitans de la région parisienne.
- 1 emballage de chewing-gum sur lequel sont écrits *Marie* et un numéro de téléphone portable français.
- 1 passeport indien authentique avec un visa court séjour Schengen authentique délivré par l'ambassade de France à New Delhi. Tampon d'entrée le 4 août à l'aéroport Roissy-Charles-de-Gaulle, France.
- 1 page de catalogue Ikea sur laquelle est annoncé le modèle de lit à clous Kisifrötsipik.
- 1 ceinture en imitation cuir.
- 1 paire de lunettes de soleil griffées Police en six morceaux.
- 1 faux billet de 100 euros de mauvaise qualité imprimé d'un seul côté et relié à vingt centimètres de fil invisible.
- 4,11 euros en petite monnaie.

- 1 crayon en bois et une règle d'un mètre en papier de la marque Ikea.
- 1 pièce d'un demi-dollar avec deux faces identiques.

— Pourquoi m'avez-vous enlevé la ceinture ? demanda l'Indien intrigué.

— Pour ne pas que tu te pendes avec, répondit sèchement officier Simpson. On enlève aussi systématiquement les lacets, mais tu n'en avais pas. Puis-je savoir pourquoi tu n'as pas de chaussures, d'ailleurs ?

Le fakir regarda ses pieds. Ses chaussettes de sport n'étaient plus très blanches.

— Parce qu'elles sont restées dans le salon Ikea, cette nuit, au moment où j'ai dû me cacher dans l'armoire afin que les employés ne me voient pas…

Habitué à dénicher depuis neuf ans les clandestins dans les cachettes les plus improbables et écouter leurs inepties à longueur de journée et de nuit, officier Simpson, tout comme le leader des illégaux soudanais un peu plus tôt, ne crut pas un traître mot de l'histoire de cet Ajatashatru « La Vache » Patel, dont il douta que ce fût là le vrai nom.

— Bon, puisque tu n'y mets pas du tien, je vais la faire courte. On a trouvé sur tes petits copains, les Jackson Five, plusieurs éléments permettant d'affirmer que vous avez séjourné à Barcelone, en Espagne. Avec le temps qu'il fait là-bas, on se demande vraiment pourquoi vous venez vous faire chier en Angleterre. Tu sais qu'il pleut tout le temps ici, non ? La mousson, à côté, c'est rien.

— Écoutez, je vois bien que vous essayez de me décourager, et je vous remercie de me donner toutes ces informations utiles sur la météo de votre charmant pays dans lequel ce serait un plaisir pour moi de revenir dans des circonstances plus touristiques et moins malheureuses, mais je vous assure que je n'ai jamais voulu venir en Angleterre et que je ne connais pas ces Soudanais.

— Des Soudanais ? Tiens donc ! s'exclama le policier fier d'avoir attrapé le délinquant en flagrant délit de mensonge. Tu en sais donc plus que moi. Tes petits amis n'ont rien dit en audition. Ils ont même refusé de me dire leur nationalité. De toute façon, on a l'habitude. La plupart des clandestins détruisent ou cachent leur passeport pour qu'on ne puisse pas identifier leur nationalité et les renvoyer dans leur pays d'origine.

— Moi, je vous ai dit d'où je venais. Cela prouve que je ne suis pas un clandestin.

— Ton visa n'est valable que dans l'espace Schengen, or je te rappelle que l'Angleterre n'est pas dans Schengen. Par définition, tu es donc un clandestin. Appelle cela comme tu voudras.

Piqué, l'Indien expliqua de nouveau les raisons de sa venue en France, son idée (pas si brillante que ça, s'il avait su) de dormir à Ikea pour pouvoir être sur place le lendemain et pouvoir acheter son lit à clous, le modèle Kisifrötsipik spécial fakir en petit pin suédois véritable, avec hauteur des clous (inoxydables) ajustable, couleur rouge puma. Il précisa qu'il avait passé la commande hier, qu'il y aurait sûrement une trace de cela quelque part et qu'ils feraient bien de vérifier auprès d'Ikea Paris.

Disant cela, il désigna le sac transparent de sa fouille mais réalisa aussitôt que le bon de commande Ikea que lui avait donné le petit chauve à lunettes se trouvait dans la poche de sa veste qui était restée dans le magasin.

Officier Simpson souffla.

— Bon écoute, j'en ai assez entendu. Je vais te raccompagner en cellule et l'équipe d'éloignement viendra te chercher au petit matin pour te conduire à l'aéroport.

— L'aéroport ? Mais où m'envoyez-vous ? demanda Ajatashatru, la peur dans les yeux.

— Ben, on te renvoie d'où tu viens, dit le policier comme si cela paraissait évident. Toi et tes petits copains, on vous renvoie à Barcelone.

On avait retrouvé dans les poches des Soudanais des tickets de caisse du Corte Inglés de Barcelone, un grand magasin espagnol dans le style des Galeries Lafayette où les immigrés avaient acheté six canettes de bière, un paquet de cacahuètes et deux boîtes de donuts au chocolat. Il n'en fallait pas plus aux agents britanniques de l'UKBA pour rapatrier les malfrats, en vertu des accords internationaux de réadmission, vers le dernier pays de séjour avéré des clandestins, en l'occurrence l'Espagne.

Ainsi, certains étaient réacheminés vers le pays de provenance en application de la convention de Chicago, d'autres, plus rarement, vers leur pays d'origine. Retour à la case départ.

Dans ce cas précis, les policiers savaient pertinemment que le camion qu'ils avaient immobilisé venait de France, puisqu'ils l'avaient pincé à la sortie de l'Eurotunnel. Rien que pour cela, ils auraient pu renvoyer les migrants bouffer leurs cacahuètes et leurs beignets au chocolat chez les mangeurs de grenouilles, dont la frontière était une vraie passoire. Cela aurait pris une heure tout au plus et n'aurait rien coûté, ou très peu.

Cependant, un rapatriement vers l'Espagne, même si cela revenait plus cher à l'État, représentait un avantage majeur pour les autorités anglaises qui essayaient, depuis quelque temps, de renvoyer les clandestins, chaque fois qu'elles le pouvaient, le plus loin possible de leurs frontières. Car elles savaient que ceux-ci tenteraient aussitôt une nouvelle traversée vers le Royaume-Uni une fois libres. Si elles avaient pu construire une gigantesque catapulte d'une portée de milliers de kilomètres, elles les auraient tous mis dedans sans hésiter une seule seconde.

— Un avion affrété pour l'occasion par la police aéronautique de la Couronne va te rapatrier vers Barcelone, avait lancé le policier avant de clore l'audition.

Voilà comment le fakir s'était retrouvé quelques heures après, alors que le soleil pointait déjà à l'horizon, sur la piste ventée du petit aérodrome de Shoreham-by-Sea, sur la côte sud de l'Angleterre, près de Brighton.

En regardant bien, on pouvait apercevoir, de l'autre côté de la Manche, le profil évanescent et bleuté de la terre des Gaulois.

L'eau bleutée.

Le ciel bleuté.

Les mouettes bleutées.

La tête des clandestins bleutée.

Enfin, c'est ce que voyait Ajatashatru au travers des verres fumés bleutés de ses lunettes de soleil qu'il avait reconstituées. On les lui avait rendues avec le reste de ses effets personnels, puisque, d'une part, il ne représentait plus une menace ni pour lui ni pour les autres et que, d'autre part, il serait bientôt libre. On lui avait même rendu son faux billet de 100 euros, jugeant que cette très mauvaise contrefaçon, d'un seul côté qui plus est, ne tromperait personne.

Maintenant, le fakir était assis, sans menottes, entre un Marocain asthmatique et un Pakistanais flatulent. Piqué par la curiosité de savoir dans quel nouveau guêpier il allait bientôt se fourrer et afin de passer le temps, l'Indien posa tout un tas de questions sur Barcelone à ses chers voisins. Qu'y avait-il à voir ? Que pouvait-on y faire ? Pouvait-on se baigner en cette saison ? Y avait-il des moussons ? Qu'est-ce qu'était un donut ? Ah, et y avait-il un Ikea ?

Mais toutes ses questions restèrent sans réponse. Non pas que les deux sans-papiers n'aient pas eu envie de causer, bien au contraire, mais parce qu'aucun des deux n'avait jamais mis le pied, ni le bout de la pointe de l'extrémité du petit orteil, à Barcelone, et encore moins en Espagne.

Le Pakistanais était arrivé en Europe par l'aéroport de Bruxelles muni d'un faux passeport belge, avant de rejoindre l'Angleterre dissimulé dans un camion, entre deux palettes de choux. Mais on avait retrouvé un éventail sur lui (il ne supportait pas l'odeur du chou) et il n'en avait pas fallu plus aux gars de l'UKBA pour décréter que le clandestin venait d'Espagne, car il était de renommée internationale que seuls les Espagnols utilisaient encore de nos jours ce petit ventilateur archaïque à l'huile de coude.

Le Marocain, lui, était entré dans l'espace Schengen par la Grèce après avoir fait le grand tour du bassin méditerranéen, puis il avait traversé les Balkans, l'Autriche et enfin la France caché dans le faux plancher d'un autocar de touristes grecs. Manque de bol, les Anglais avaient retrouvé dans ses poches une petite cuillère en bois dont le manche s'était cassé durant le périple. Un agent britannique fraîchement revenu de vacances à Séville avait reconnu là un morceau de castagnette et le sort du Maghrébin en avait aussitôt été scellé. Hop, direction l'Espagne !

— Et toi ? demanda le Pakistanais. Qu'ont-ils retrouvé sur toi ?

— Rien, répondit Ajatashatru en haussant les épaules, ils m'ont juste découvert dans un camion de marchandises avec des Soudanais qui, eux, venaient bien de Barcelone.

Il se retourna et désigna les six Noirs du quatrième rang.

— Si je comprends bien, aucun de nous trois ne vient de Barcelone, ajouta le Marocain.

— Je pense que dans cet avion, nous ne devons pas être les seuls, compléta le Pakistanais.

— S'il suffit d'être arrêté avec une guitare ou une moustache pour que les Anglais nous suspectent de venir d'Espagne, alors oui, je pense qu'il n'y a pas que nous dans ce cas-là…

Il désigna discrètement un homme, sur le même rang qu'eux, qui arborait une épaisse moustache brune et un chapeau de toile noir.

— Mes amis, prenez cela comme un voyage touristique gratuit aux frais de la Reine ! lança une voix avec un fort accent russe derrière eux. Moi, ils m'ont foutu dans cet avion parce que je roule les « r » !

Huit heures sonnèrent sur un réveil rouillé quelque part au milieu des immondices de la décharge municipale aux abords de laquelle s'était établie la famille Palourde.

— À cette heure-ci, il doit être en Angleterre…, se dit Gustave assis à sa table de camping, à mille lieues de s'imaginer que le sujet de ses pensées se trouvait en ce moment même à vingt mille pieds au-dessus de sa tête, dans un avion qui filait à grande vitesse vers le sud, entre un Marocain asthmatique et un Pakistanais flatulent.

Disant cela, il caressa la lame affilée de son Opinel. Sa seule consolation était que le *payo* voyageait dans la remorque d'un poids lourd, enfermé dans une caisse en bois, sans eau ni nourriture. Avec un peu de chance, le destin, et surtout la soif, en viendraient à bout, comme d'un rat prisonnier d'un piège. Dommage, il aurait tellement aimé lui régler son compte personnellement, en le faisant souffrir lentement, bien lentement.

Quelque chose remua dans la caravane.

Sa femme Mercedes-Shayana apparut sur le pas de la porte dans un peignoir fleuri. Puis ce fut au tour de leur fille, Miranda-Jessica, de pointer le bout de son nez, la tignasse blonde en pétard et du maquillage plein le visage.

— Toi, tu es encore sortie hier soir ! dit Gustave à sa fille en la menaçant d'un index lourd de reproches. Je t'avais dit de rester à la maison (la caravane) pour te reposer. Regarde la tête que tu as maintenant.

— C'est pas grave, du moment que Kevin-Jésus ne me voit pas comme ça. Et puis, je dormirai dans l'avion.

— Ah, le beau Kevin-Jésus, dit le père d'un ton ironique, je croyais que c'était fini avec celui-là.

La fille eut un bâillement pour toute réponse.

— Tu te répètes Gus, laisse-la donc un peu tranquille.

La mère venait de s'asseoir à la petite table de camping et se servait le café qu'avait préparé son mari en se levant. Elle reposa le Thermos et beurra une tartine pour Miranda-Jessica qui s'assit à côté d'elle.

— Bon, c'est pas tout, activez-vous un peu si vous voulez pas qu'on rate l'avion ! lança le chauffeur de taxi en se levant et en allant faire chauffer le moteur de la voiture.

Tel un rite immuable, deux fois par an, Gustave Palourde, son épouse et leur fille quittaient la maison familiale (la caravane) pour partir en vacances. La première, c'était à l'occasion des fêtes gitanes des Saintes-Maries-de-la-Mer. Tous les 24 mai depuis le Moyen Âge, les Gitans se réunissaient en Camargue afin de célébrer leur sainte patronne, Sara, dont ils accompagnaient la statue de cire pleurant des larmes d'or depuis l'église jusqu'au bord de la mer. Plus qu'un pèlerinage, le rassemblement leur permettait de revoir les amis de la diaspora éclatée aux quatre coins du globe. Certains parcouraient plus de trois mille kilomètres pour participer à l'événement. La famille Palourde, elle, voyageait pendant sept heures dans son taxi aménagé pour l'occasion. Depuis quelques années, ils s'y rendaient sans la caravane (la maison), dormant sur place chez des cousins qu'ils avaient perdus de vue pendant leur enfance puis retrouvés sur le tard.

Pour le couple, c'était l'activité à ne pas manquer. Ils l'attendaient toute l'année. Pour la jeune fille, à l'inverse, c'était un crève-cœur, d'abord parce qu'elle devait quitter son amoureux du moment, et elle avait peur qu'en son absence il en trouve une plus jolie qu'elle, même si aucune Gitane n'était plus jolie qu'elle. Ensuite, parce que les processions de milliers de Gitans habillés de noir, pleurant et criant sous le poids d'une statue de plusieurs centaines de kilos, ce n'était pas forcément le genre d'activité dont rêvait une jeune fille de son âge. De plus, les longues robes noires et les voiles ne lui allaient pas. Elle n'avait jamais aimé le style Madonna, lui préférant de loin celui plus flashy et décalé de Lady Gaga. Sa seule consolation, le soir, c'était d'aller aux arènes, draguer les jeunes hommes qui participaient au Toro Piscine ou aux courses de taureaux aux cornes emboulées.

Le second événement de l'année, c'était durant les vacances d'été, début août, maintenant. Gustave prenait une semaine de congés et ils partaient tous à Barcelone en avion dépenser l'argent honnêtement gagné jusque-là. Ils y possédaient une vraie maison en brique, qui avait dans le temps appartenu à un grand-oncle qui, arrivé en fin de vie, n'avait plus supporté l'humidité des caravanes.

Là, Miranda-Jessica n'y allait pas à reculons. Les discothèques et les garçons, ce n'était pas ce qui manquait dans la ville catalane. Elle connaissait les endroits chauds par cœur, le Maremagnum, le Barrio Gótico, et le génialissime Port Olímpic où elle passait des nuits blanches à se déhancher au son de ses chanteurs préférés.

Voilà pourquoi ce matin-là, il était impensable de rater l'avion. La jeune fille avala donc son chocolat au lait en moins de deux et partit se changer dans la caravane. Elle se boudina dans un short en jean délavé d'une dizaine de centimètres carrés, enfila un haut de bikini jaune, des chaussures à talons de quinze centimètres ornées de brillants et sortit ainsi vêtue, un gros sac dans le creux du bras. Elle se doucherait cet après-midi à la plage de la Barceloneta.

Sa mère en ferait autant. Mais il était inconcevable pour celle-ci de sortir sans se maquiller. Mercedes-Shayana se jeta donc du fond de teint sur le visage, se tartina du Rimmel sur les cils et se colla un bon morceau de rouge à lèvres rose fuchsia sur la bouche. Elle n'enleva pas son peignoir fleuri, le trouvant très estival, espagnol et donc adapté à la situation et enfila juste un bas de survêtement rose en Lycra et des sandalettes de plage.

— Quelle belle brochette de femmes ! s'exclama Gustave en fourrant les bagages dans le coffre de la voiture.

Puis il s'installa au volant, faisant craquer de son poids les petites billes en bois de son couvre-siège.

Huit heures sonnèrent au clocher de l'église située face au commissariat. On ne se serait jamais cru en plein cœur de Paris.

— À cette heure-ci, il doit être en Angleterre…, se dit la commandant de police Alexandra Lafève assise à son bureau.

Elle n'allait tout de même pas demander à un juge de lui délivrer un mandat d'arrêt international pour une affaire de filouterie de cent euros. Elle passerait pour une conne. Et vous savez combien elle détestait cela. Elle aurait préféré lui donner les cent euros de sa poche et garder sa dignité.

La policière ferma donc le dossier de Gustave Palourde, Taxis Gitans, et le jeta dans le cimetière des affaires classées, un gros casier coulissant semblable à ceux des pharmacies dans lequel se mouraient cent cinquante autres dossiers dignes de disparaître de la face du globe. Ensuite, elle se leva et alla rejoindre les autres à la machine à café.

En passant devant le miroir sans tain qu'ils utilisaient pour les identifications (les tapisseries, comme ils disaient), elle trouva qu'elle avait vieilli d'un coup. De gros cernes gris soulignaient ses yeux comme deux parenthèses qui n'ont plus la force de se tenir debout. Ce métier est en train de me bouffer à petit feu, se dit-elle. J'ai besoin de vacances.

E

Spain

En passant devant les grandes baies vitrées des arrivées de l'aéroport de Barcelone, Ajatashatru trouva qu'il avait vieilli d'un coup. De gros cernes gris soulignaient ses yeux comme deux parenthèses qui n'ont plus la force de se tenir debout. Ce voyage est en train de me bouffer à petit feu, se dit-il. J'ai besoin d'un bon lit.

Il n'avait plus rien d'un riche industriel indien. Il avait plutôt le look défraîchi d'un clandestin et il comprit maintenant pourquoi le policier qui l'avait interrogé n'avait pas cru à son histoire d'Ikea. À sa place, il en aurait fait autant.

La grande horloge numérique du hall indiquait midi pile. Elle indiquait surtout la liberté car les services de l'immigration espagnols venaient à peine de contrôler ses papiers, lors de la remise des migrants par les escortes britanniques, et n'ayant rien à lui reprocher, ils l'avaient aiguillé à contrecœur, avec trois autres passagers chanceux, vers la sortie la plus proche.

L'horloge indiquait également qu'à cette heure-là, Ajatashatru aurait dû se trouver à l'aéroport Roissy-Charles-de-Gaulle, à quelques milliers de kilomètres de là, en train d'attendre le vol qui devait le ramener en Inde, un nouveau lit à clous sous le bras.

Mais tout ça, c'était son ancienne vie.

Tout en marchant dans le terminal 1 flambant neuf, en direction de la zone de récupération des bagages, passage obligé pour sortir même si vous n'aviez pas de valise, l'Indien se jura désormais de ne plus rien faire d'illégal. Il repensa à ce que lui avait dit Marie. *Cela fait du bien de rencontrer des personnes sincères, authentiques comme vous. Des personnes qui font le bien et le propagent autour d'elles.* Il repensa aux confessions de Wiraj, le leader des Jackson Five soudanais, qu'il venait de laisser dans la zone de contrôle avec Kougri, Basel, Mohammed, Nijam et Amsalu (ils n'avaient pas de papiers et y resteraient encore un bon moment). Ils venaient de se quitter avec force embrassades, se souhaitant mutuellement bonne route. Mektoub, avait dit Wiraj, c'était écrit. Nous devions nous rencontrer.

Ils allaient retenter la traversée vers le Royaume-Uni. Ils croyaient en leur terre promise comme les premiers colons avaient cru en l'Amérique lorsqu'ils en avaient découvert les côtes à l'horizon. Ils remonteraient l'Espagne, traverseraient la France et se posteraient à

Calais dans l'attente d'un passage, dissimulés entre des caisses de rosbifs ou de choux.

— Et toi, que vas-tu faire, lui avait-il demandé.

— Moi ? Je ne sais pas encore. Visiter Barcelone puisque j'y suis. Même si je n'ai pas un sou en poche.

Il s'était bien gardé de dire à son ami qu'il allait s'affairer à devenir quelqu'un de bien, que son histoire l'avait changé, qu'il désirait lui aussi avoir quelqu'un à aider et à qui donner.

Il garda aussi pour lui ses pensées sur Marie et sur ces projets fous qui naissaient dans sa tête.

Aussi incroyable que cela puisse paraître, c'est sur ces belles pensées d'amour, de compassion et de fraternité que notre fakir tomba nez à nez avec le chauffeur de taxi parisien qu'il avait arnaqué la veille à des milliers de kilomètres de là. Celui-ci était aux bras de ce qui paraissait être deux prostituées et le regardait avec une folle envie de le tuer.

La première chose que fit Gustave Palourde en tombant sur l'Indien fut de le regarder avec une folle envie de le tuer.

— *Payo*, je savais bien que je te reverrais un jour !

À aucun moment le chauffeur de taxi ne fut étonné de voir l'Indien ici, à Barcelone, alors que trois heures auparavant il l'avait imaginé en Angleterre, toujours enfermé comme un rat dans la remorque d'un camion en route vers les plus hautes latitudes du globe. Impulsif de nature, sa colère surpassait souvent sa logique et ses facultés d'analyser les événements.

Pas besoin d'être le roi des mentalistes, quoique Ajatashatru excellât dans cette discipline, ni de parler le français (en l'occurrence, celui d'un Gitan en colère) pour comprendre que notre fakir ne devait pas s'éterniser dans le coin. Mais il n'eut pas le temps d'esquisser le moindre geste.

— Je vais te tuer ! cria Gustave, qui voulait le tuer.

Et disant cela, il lui balança en plein visage la glacière qu'il venait de récupérer sur le tapis roulant.

— J'adore ses piercings ! s'exclama à son tour sa fille, que l'on n'avait jamais autorisée à en porter.

— Qui c'est ? demanda simplement sa femme, qui voyait pour la première fois cet homme en turban, le visage mat barré par une moustache, grand sec et noueux comme un arbre.

Mais ayant très vite compris que ce n'était pas un ami de la famille, elle s'unit à son mari dans un élan de courage et balança son sac croco en peau de veau bien rempli dans les côtes de l'inconnu.

Ajatashatru, surpris par l'attaque éclair de ces Gipsy Kings du dimanche, n'avait pu éviter la glacière de plage de sept kilos dans la joue et la morsure d'un croco dans le flanc. De nature maigrichonne, il fut projeté comme une plume par un coup de vent sur le tapis roulant des bagages arrivant de Majorque. Un instant, il resta couché, plus par stratégie (celle de faire le mort) que par douleur (quoique…), entre une poussette et une montagne de boîtes d'ensaïmadas (vous ne savez pas ce que c'est ? Lui non plus). Mais lorsqu'il ouvrit les yeux, de manière dissimulée, au cas où le Gitan n'aurait attendu que cela pour lui assener un nouveau coup de glacière dans la face, l'Indien réalisa qu'il avait un peu trop fait le mort.

Tout comme *Alice au pays des merveilles*, le fakir était passé de l'autre côté du miroir, enfin, de l'entrepôt à bagages. La machine qui vomissait les sacs l'avait ingurgité comme une vulgaire valise qui a déjà fait le tour du tapis et dont personne ne veut.

Une vive douleur lui déchira le visage.

Il se caressa la joue délicatement. Une multitude de minuscules cristaux de glace, ayant sans doute jailli de la glacière au moment de l'impact, étaient venus se loger dans les cicatrices de l'acné virulente qui avait ravagé son visage étant adolescent.

Il avait la moitié gauche du visage toute gelée, un peu comme s'il s'était pris un coup de glacière dans la tête, ce qui était un peu le cas, ou un coup de fer à repasser que l'on a oublié un peu trop longtemps dans une chambre froide, ce qui est en soi, je le reconnais, une bien étrange comparaison.

Horreur et damnation ! pensa-t-il soudain. Car s'il avait réussi à fuir l'autre malade et ses tigresses, le pire restait peut-être encore à venir.

Il se trouvait en effet dans la zone sécurisée, et donc interdite, d'un grand aéroport européen, ce qui n'était pas le meilleur moyen de tenir sa promesse de rentrer dans le droit chemin.

Si des policiers étaient passés à ce moment-là, ils seraient tombés sur un Aladin au rabais ayant troqué son tapis volant magique contre un tapis roulant de bagages. Et s'ils avaient été aussi compétents et efficaces que leurs homologues anglais, une fois la stupeur passée, Aladin se serait retrouvé, avant d'avoir le temps de dire « ouf », et selon les mêmes accords internationaux de réadmission qui l'avaient envoyé ici, quelque part entre le pôle Nord et l'Islande pour la simple et bonne raison que l'on aurait retrouvé de petits cristaux de glace incrustés dans ses joues.

Alors, tel un criminel désirant effacer des preuves trop accablantes, le fakir se frotta vigoureusement le visage avec la manche de sa chemise pendant que le tapis continuait de le mener, imperturbable, dans les méandres de l'entrepôt.

Depuis cinq bonnes minutes, Tom Cruise-Jesús Cortés Santamaría se regardait dans le rétroviseur de sa petite voiture de golf sérigraphiée aux couleurs rouge et jaune de la compagnie aérienne Iberia.

Malgré ses vingt-huit ans, il trouva qu'il avait vieilli d'un coup. De gros cernes gris soulignaient ses yeux comme deux parenthèses qui n'ont plus la force de se tenir debout. Ce petit boulot est en train de me bouffer à petit feu, se dit-il. J'ai besoin d'un contrat à durée indéterminée.

Alors qu'il allait regagner l'entrepôt à bagages, un homme tenant une glacière à la main s'approcha de lui à grands pas. Il était accompagné d'une femme en peignoir fleuri qui paraissait sortie du bain et d'une jeune fille aux allures des professionnelles qu'il avait l'habitude de voir sur le bord de la route lorsqu'il venait au travail.

— Señor, ma valise a été bouffée par la machine, dit l'homme dans un bon espagnol teinté d'une pointe d'accent français.

Bien décidé à ne pas laisser l'Indien lui échapper cette fois-ci, c'est tout ce que Gustave avait trouvé pour passer du côté sécurisé de l'entrepôt. Sa grosse bedaine remplie de bière et son manque de forme physique l'empêchaient de se glisser sur le tapis et d'emprunter le même chemin que son ennemi.

— Attendez un peu, elle va ressortir, répondit le bagagiste, fatigué de toujours avoir à répondre aux requêtes idiotes des passagers dès qu'il avait le malheur de se retrouver de ce côté-ci du terminal, le tapis fait le tour.

— Je sais, je sais…

— Alors en plus si vous savez…

— Oui, mais le problème, c'est que la petite est en train de nous faire une hypo ! improvisa le chauffeur de taxi parisien voyant que son plan A n'avait pas fonctionné.

— Une hypo ? Ce n'est pas très gentil de dire à cette jolie jeune fille qu'elle ressemble à un hippopotame !

Flattée, Miranda-Jessica esquissa un sourire et baissa la tête, les pommettes enflammées. Le jeune Espagnol était séduisant dans son bleu de travail. Plus que Kevin-Jésus presque.

— Une hypoglycémie ! corrigea le Gitan en prenant un air catastrophé. Ma fille est diabétique ! Il faut qu'elle se fasse une injection de GlucaGen tout de suite pour faire remonter son taux de sucre dans le sang ! Et le GlucaGen est dans la valise.

Il avait toujours voulu ressortir une réplique d'*Urgences*, sa série américaine préférée. Le jour tant attendu était enfin arrivé.

— On ne dirait pas qu'elle va si mal, rétorqua le bagagiste qui n'avait rien perdu de son flegme malgré l'urgence de la situation.

Gustave donna un coup de coude à Miranda-Jessica, qui releva aussitôt la tête en adoptant l'air le plus souffrant qu'elle connaissait.

— OK, j'y vais, se résigna le bagagiste qui avait plus vite fait d'accéder à la demande du touriste que de rester à discuter ici.

Et puis la fille était mignonne.

Il démarra la voiture.

— Je vous accompagne. Vous ne savez pas de quel bagage il s'agit, ajouta Gustave, non sans raison, tout en posant la glacière par terre et ses grosses fesses sur le siège passager.

Tom Cruise-Jesús Cortés Santamaría considéra un instant le mâle qui se tenait à côté de lui. C'était un petit homme d'une cinquantaine d'années, habillé d'un pantalon noir à pinces bon marché et d'une chemise de la même couleur. De son col s'échappaient une grosse chaîne en or (on utilisait les mêmes pour amarrer les yachts) et une moquette fournie de longs poils poivre et sel. Si ce n'avait pas été pour la glacière et l'allure de ses deux accompagnatrices, le jeune homme aurait parié que le Français se rendait à un enterrement.

Bon sang, mais c'est bien sûr !

— Tu es Gitano, hermano ? demanda-t-il presque sûr de son coup.

— Eh, pardi ! répondit Gustave, comme si c'était une évidence, tout en agitant ses gros doigts ornés de bagues en or. Je suis Gitan, oui.

— Eh alors ! Il fallait le dire plus tôt ! lança Tom Cruise-Jesús Cortés Santamaría d'un coup ragaillardi, tout en agitant lui aussi ses longs doigts ornés de chevalières en or, comme si cela avait été un signe de reconnaissance secret entre eux.

Puis il lança son bolide dans le terminal. Il n'était pas le dernier lorsqu'il s'agissait de sauver une jolie Gitane.

Piqué par la curiosité, Ajatashatru avait ouvert une des mystérieuses boîtes en carton qui se trouvaient devant lui sur le tapis et sur laquelle était écrit, en belles lettres rouges et or, *ensaïmada mallorquina.*

À sa grande surprise, il s'agissait d'une espèce de grosse brioche à mi-chemin entre un escargot et la coiffure de la princesse Leia, d'une circonférence à peu près égale à celle d'un disque vinyle trente-trois tours.

Il en croqua un bout et la trouva vache (sacrée) ment bonne. C'était agréable de manger. Le gâteau était un peu fariné et pâteux mais cela s'arrangeait en buvant un peu d'eau. Le problème, c'est qu'il n'en avait pas.

Alors qu'il se demandait comment les gens pouvaient enregistrer des montagnes de brioches comme de vulgaires sacs, et les bagagistes les charger dans les avions sans en manger une ou deux au passage, il entendit le ronronnement d'une voiture s'approcher.

D'un mouvement vif, il sauta du tapis. Il était d'ailleurs temps car celui-ci s'apprêtait à repartir vers l'intérieur du terminal, où l'attendaient sans aucun doute le Parisien et sa glacière meurtrière.

Un coup d'œil à gauche, un coup d'œil à droite. Rien. Rien si ce n'était cette malle en cuir marron, aussi grosse qu'un réfrigérateur, qui passait à quelques mètres de lui sur un tapis qui filait dans une autre direction. Ni une ni deux, il se précipita dessus. Par chance, il n'y avait pas de cadenas. Il fit glisser la fermeture Éclair tout en regardant au-dessus de son épaule. Une petite voiture rouge et jaune venait à sa rencontre. Le conducteur et le passager, dont il ne distinguait pas bien le visage, semblaient ne pas l'avoir vu.

L'intérieur de la malle était une armoire portable pleine à craquer de vêtements. Une penderie ! se dit Ajatashatru avec une lueur d'incrédulité dans les yeux. À grands tours de bras, il arracha les habits accrochés aux cintres et les balança en tas derrière le tapis. Il y avait là des robes élégantes, de la lingerie fine, des trousses de maquillage élaborées et fournies. Sans doute une personne importante, ou riche, ou les deux.

Le fakir se glissa dans le bagage, une moitié d'ensaïmada dans la main, au cas où, et referma de l'intérieur. Il n'avait jamais été dans une malle aussi grande de sa vie et, pour une fois, il n'eut pas à se disloquer l'épaule comme il en avait l'habitude lorsqu'il s'apprêtait à se glisser dans sa boîte magique. Il souffla. Au moins, celle-là, personne ne la transpercerait avec de longs sabres affilés. Enfin, si le Français ne lui mettait pas la main dessus, bien sûr…

Alors que la plèbe, tel un mille-pattes en bermudas et sandalettes, continuait de se faufiler entre les sièges et prenait place à l'intérieur de l'avion, Sophie Morceaux, qui avait embarqué la première, sirotait déjà une coupe de champagne bon marché au deuxième rang.

Un Italien qui passait à sa hauteur en parlant fort et en brassant de l'air fit voler une minuscule particule de poussière dans l'œil vert de la belle actrice. L'irritation ainsi provoquée lui fit perdre sa lentille qui disparut aussitôt dans la jungle de moquette bleue du plancher.

Pendant quelques minutes, la jeune femme se retrouva à genoux, entre deux fauteuils, à grattouiller les fibres de laine de ses doigts longs et fins, jusqu'à ce qu'une hôtesse s'approche d'elle pour l'aider. Le résultat ne fut pas meilleur et Sophie Morceaux dut se faire à l'horrible réalité : elle était devenue borgne. Ce qui était intolérable, vous en conviendrez, pour une actrice qui n'avait même pas tourné dans *Pirates des Caraïbes.*

Alors que les passagers continuaient d'avancer vers leur place, l'hôtesse remonta le courant comme un saumon et s'entretint quelques instants sur la passerelle avec une femme en uniforme équipée d'un gilet réfléchissant jaune, d'un gros casque sur les oreilles et d'un talkie-walkie.

Il fallait absolument retrouver la malle Vuitton de Sophie Morceaux et lui rapporter la trousse de toilette qui se trouvait dans la poche extérieure.

Par chance, elle n'avait pas encore été chargée dans l'avion. À pied de piste, le chef bagagiste expliqua à la fille au talkie-walkie que la malle faisait l'objet d'un traitement spécial, eu égard à sa propriétaire (ce n'était pas tous les jours que l'on avait la célèbre et belle actrice Sophie Morceaux dans son avion) et ne voyageait donc pas avec le reste des valises dans les gros conteneurs métalliques AKH. Il lui signala alors une belle malle Vuitton marron aux dimensions d'un petit réfrigérateur (55 x 128 x 55 cm) posée sur un chariot à roulettes.

L'Espagnole fouilla la poche extérieure, en tira une trousse de toilette assortie aux motifs de la malle et referma le tout. C'était la première fois qu'elle voyait un bagage aussi luxueux. Avec son misérable salaire, qui plus est en ces temps de crise et de vaches (sacrées) maigres, elle ne pourrait jamais s'en acheter un pareil. Peut-être à peine la trousse de toilette, et encore.

— OK, c'est bon, fit-elle au chef bagagiste qui, accompagné de deux autres hommes, chargea la malle dans l'unique soute ventilée, chauffée et pressurisée de l'avion.

Si, dans les tréfonds de cette malle obscure, perdu entre une petite culotte et un morceau d'ensaïmada, Ajatashatru avait invoqué un bon génie, celui-ci lui aurait dit de sa grosse voix de Barry White : « Fakir, j'ai une bonne et une mauvaise nouvelle à t'annoncer. La bonne, c'est que l'on vient de te mettre dans l'unique soute ventilée, chauffée et pressurisée de cet avion, ceci t'évitera d'arriver à destination sous la forme d'une glace à l'italienne. La mauvaise, c'est que tu ne visiteras jamais Barcelone, car on vient de te charger dans la soute d'un avion qui va décoller dans quelques instants pour une destination inconnue. C'est reparti pour un tour ! »

La scène n'avait duré que quelques minutes, mais lorsque Gustave Palourde et Tom Cruise-Jesús Cortés et cætera entrèrent dans l'entrepôt à bagages, l'Indien avait disparu.

Gustave, qui s'en voulait d'avoir menti à un Gitan, avait avoué la vérité au bagagiste dès qu'il était monté dans la petite voiture. Et la vérité était qu'il voulait casser la gueule à l'étranger qui l'avait arnaqué de cent euros. Le jeune Espagnol, pour qui il n'y avait rien de plus sacré que les liens du sang et qui ne perdait jamais une bonne occasion de casser la gueule à quelqu'un, s'était rallié à la cause de son frère de communauté sans plus d'explication. Par ailleurs, il avait été soulagé d'apprendre que la jolie jeune fille, qui n'était pas diabétique, n'était pas non plus en danger.

Ainsi, excités par cette chasse à l'homme improvisée, les deux Gitans arpentèrent le labyrinthique couloir à la recherche de l'Indien qui avait un jour osé offenser l'un d'entre eux.

Gustave n'avait plus sa glacière à portée de main, mais il caressait dans sa poche son inséparable Opinel au manche d'ivoire qu'il venait de récupérer avec joie dans ses bagages en sortant de l'avion. Si le voleur ne lui donnait pas ce qu'il lui devait, plus les intérêts, il n'hésiterait pas à le transformer en passoire.

Les deux hommes arrivèrent bientôt au bout du tapis, mais toujours aucune trace du malfrat. Comme un bagagiste passait par là, le jeune Espagnol lui demanda s'il n'avait pas vu un Indien, grand, sec et noueux comme un arbre, avec une moustache et un turban blanc sur la tête. Un Indien, quoi.

— Le seul Indien que je vois ici, c'est lui ! répondit l'homme en signalant Gustave d'un doigt menaçant. Qu'est-ce qu'il fait là ? Il n'est pas autorisé à se trouver de ce côté-ci.

— Je sais, je sais, mais on cherche une valise contenant du Gluco… du sucre pour sa fille qui fait une crise, mentit le jeune Gitan.

— Ah…, répondit l'employé.

Puis quelques secondes après :

— Et alors qu'est-ce que vient faire l'Indien dans tout ça ?

Tom Cruise-Jesús Cortés Santamaría ne sut que répondre. Mais il comprit surtout qu'il n'aurait jamais son contrat à durée indéterminée s'il se fourrait dans des histoires. Il passa donc la marche arrière.

Alors qu'il allait raccompagner le Français à la zone des passagers et oublier ce malheureux épisode, son attention fut attirée par un tas de vêtements jetés au sol aux abords de l'un des tapis.

Plus par conscience professionnelle que par suspicion, il arrêta sa voiture et alla ramasser les habits. Il s'agissait de belles robes de gala et d'ensembles de sous-vêtements sexy assez appétissants, de taille 36, qui laissaient supposer que leur propriétaire ne devait pas être moche à regarder.

— Qu'est-ce que c'est que ça ? demanda le chauffeur de taxi qui était venu le rejoindre.

— Je ne sais pas, on dirait que quelqu'un a jeté ça là sans trop regarder ce que c'était. Ce sont de belles fringues pourtant. Elles appartiennent sûrement à quelqu'un de riche, ou d'important, ou les deux. En tout cas à une femme, c'est sûr, et qui ne doit pas être moche à regarder, si vous voulez mon avis.

— Où vont ces bagages ? coupa Gustave, en vieux Sioux qui ne se laissait pas distraire par une paire de culottes.

Il désignait les sacs et les valises qui continuaient d'avancer sur le tapis.

Le bagagiste s'approcha d'une poussette qui passait par là et lut l'étiquette vert et blanc qui y était accrochée.

— FCO.

— FCO ? répéta Gustave sans trop comprendre.

— Ces bagages sont à destination de l'aéroport de Fiumicino, à Rome.

Lorsque les réacteurs furent à pleine puissance et que l'avion décolla, Ajatashatru comprit aussitôt : 1) qu'il se trouvait dans un avion ; 2) que la valise dans laquelle il s'était caché n'était pas un bagage en arrivée, comme il le croyait, mais en partance.

Pour quelqu'un qui n'avait jamais voyagé auparavant, il trouva que le sort se rattrapait bien depuis la veille. Les voyages forment la jeunesse, disait le dicton, et à l'allure où il voyageait, il redeviendrait bientôt un nouveau-né, si tant est qu'une armoire et une malle soient les moyens de transport les plus indiqués pour la conserver, cette jeunesse. Ce n'était pas sûr, avec toutes les courbatures et les maux de dos que cela entraînait.

Il était arrivé en Europe depuis vingt-quatre heures, qui lui avaient paru une éternité. Il avait déjà posé les pieds en France, en Angleterre et en Espagne. Et ce soir, il serait encore ailleurs. Bouddha ne le lâchait plus. Le condamnerait-il à être un clandestin malgré lui pour le restant de sa vie ?

Où atterrirait-il cette fois-ci ? Il l'ignorait.

Il souhaitait juste que cet avion n'aille pas en Nouvelle-Calédonie. Il ne se voyait pas passer les prochaines trente-deux heures recroquevillé dans une malle de 1,20 mètre avec pour seule nourriture une moitié d'ensaïmada.

Au moins, il n'avait pas la tête en bas. Cela aurait été insupportable. On l'avait couché sur le côté, ce qui, en soi, était assez propice au sommeil, même s'il avait les genoux dans la bouche. Il espérait que cette malle ne deviendrait pas son cercueil. Un beau cercueil Vuitton.

Car même s'il souhaitait qu'on l'enterrât, à la différence des autres fakirs hindous qui perpétuaient la tradition millénaire de l'incinération, il voulait, de préférence, que sa fin arrive le plus tard possible. Il avait parlé de sa volonté à Marie au cours de leur repas. On ne sait jamais. Si un terroriste ceinturé d'explosifs avait volé en éclats à ce moment-là dans la cafétéria d'Ikea et que la femme eût survécu, elle aurait pu exaucer les dernières volontés du pauvre Indien.

— Eh bien moi, j'aimerais mieux être incinérée, lui avait dit la Française. J'aurais trop peur de me réveiller dans un cercueil.

— Et vous réveiller dans une urne, ça ne vous fait pas peur ? lui avait alors rétorqué le fakir.

L'idée qu'il ne pouvait pas mourir sans avoir revu Marie hanta l'esprit d'Ajatashatru. Il revit son sourire, ses belles mains, son visage de poupée en porcelaine. Il se promit de l'appeler dès qu'il arriverait à destination, où qu'il fût.

Faites que je survive, supplia-t-il, et je deviendrai un bienfaiteur, un honnête homme comme je me le suis proposé.

À ce moment-là, Bouddha lui répondit sous la forme d'un aboiement langoureux.

Dans la soute, il y avait un chien. À en juger par ses gémissements plaintifs, il ne devait pas s'agir d'un client habituel, un *frequent flyer*.

De ses doigts agiles, Ajatashatru chercha à l'aveuglette le petit mécanisme qu'il avait enclenché en refermant le bagage derrière lui. S'il avait pu s'enfermer de l'intérieur, il pouvait l'ouvrir de la même façon.

Quelques secondes après, il dégageait son corps de la valise comme une banane trop mûre jaillissant de sa peau. Par chance, le nombre de bagages dans la soute n'était pas suffisant pour bloquer sa sortie. Enfin libre, il allongea ses jambes un instant et se massa les lombaires et les mollets. Les voyages forment la jeunesse, pensa-t-il, quand ils ne vous déforment pas. Terminer recroquevillé dans une malle après une nuit blanche dans une cellule de garde à vue bondée, ce n'était pas, à proprement parler, la meilleure façon de conserver sa santé.

L'Indien se mit debout mais le plafond de la soute, bien trop bas et inadapté à sa grande taille, l'obligea à se plier en deux. Il décida donc d'avancer en canard vers l'endroit d'où venaient les gémissements. Avancer en canard vers un chien était en soi assez original.

La soute étant plongée dans le noir, Ajatashatru progressait à tâtons. Chaque fois qu'il tombait sur un obstacle, un de ces ONI, Obstacles non identifiés, il le poussait sur le côté ou le contournait, selon son poids.

Il arriva bientôt devant deux yeux luisants qui le regardaient sans sourciller dans les ténèbres. Il aimait bien les animaux. Il n'en avait pas peur. Lorsqu'on a passé sa plus tendre enfance avec un cobra comme animal de compagnie, on n'a plus peur d'aucun autre animal, et encore moins d'un chien, le meilleur ami de l'homme.

Ajatashatru tendit vers la cage le morceau d'ensaïmada qu'il lui restait.

— Gentil, gentil, dit-il quand même au cas où l'animal aurait préféré la chair humaine à la brioche.

Il sentit alors une grande langue humide et froide, d'une texture semblable à celle d'une escalope de veau (sacré), lui lécher avidement les doigts.

Les cris de tristesse de l'animal cessèrent. Il semblait autant apaisé par le morceau de brioche que par cette inattendue compagnie.

— Tu sais où on va, toi ? Parce que moi, je n'en ai aucune idée. Je ne sais même pas si l'on se dirige vers le sud, le nord, l'est ou l'ouest, si on est sur la mer ou au-dessus des montagnes. Et puis, je suis un peu clandestin, là. Enfin, cette fois-ci je doute que j'éprouverai le syndrome de la peur de l'avion qui ralentit et qui s'arrête. La police européenne n'arrête tout de même pas les avions en plein vol, non ?

Le chien, qui séchait sur le sujet, ne répondit pas.

Dans l'obscurité de la soute, les sens de l'Indien s'étaient décuplés, comme lorsqu'il était resté enfermé dans l'armoire pendant le voyage en camion vers le Royaume-Uni. Et à son grand dam, son odorat aussi. Une odeur d'animal sale lui fit frétiller les narines mais il s'aperçut vite qu'elle ne venait pas de la cage qu'il avait en face de lui. C'était lui qui puait comme cela. S'il n'était pas résistant à la fatigue, à la faim ou à la soif, notre fakir l'était en revanche à la douche. Il lui arrivait quelquefois de ne pas en prendre pendant plusieurs semaines. Si ces deux derniers jours, il s'était trouvé dans l'impossibilité de se laver, les cinq précédant le voyage, en revanche, il aurait pu le faire. Mais il ne s'était pas passé un gant sur le visage depuis belle lurette. La dernière fois qu'il avait reçu de l'eau sur la tête, c'était de l'eau de pluie. Et il ne pleuvait pas souvent sur le désert du Tharthar, croyez-moi !

Siddharta Gautama, le Bouddha, était bien resté à méditer sept semaines sous l'arbre de la Bodhi. Avait-il pris des douches, lui ?

Comme il avait le temps et que personne ne viendrait le déranger ici, Ajatashatru s'accroupit sur le sol métallique de la soute, en position du lotus, face aux yeux luisants du chien et se mit à méditer sur cette nouvelle vie, cette vie de bienfaiteur et d'honnête homme qui l'attendait dehors. Il venait bien de donner une brioche à manger à un chien, mais ce n'était pas suffisant pour changer complètement. Qui pourrait-il donc aider ? Et comment ?

Le fakir avait souvent eu envie d'écrire.

Ce n'étaient pas les idées qui lui manquaient. Il avait une très grande imagination. Peut-être sa vie mouvementée y était-elle aussi pour quelque chose. En tout cas, cette imagination débordante lui servait bien lorsqu'il fallait inventer des tours de passe-passe afin de rendre réel l'irréel et possible l'impossible.

Cependant, il n'avait jamais jeté ses histoires sur le papier. Le passage à l'acte était peut-être plus compliqué que ce qu'il pensait et il avait toujours retardé le moment où il s'y essayerait.

Et si le jour était venu ? Et si cette activité honnête et lucrative qu'il recherchait pour démarrer sa nouvelle vie était celle d'écrivain ? Pas écrivain public, non. Il ne se voyait pas assis sur le trottoir, une machine à écrire en bandoulière, attendant qu'un passant veuille bien lui commander une lettre d'amour. Non, il avait de l'ambition, écrivain de best-sellers. C'était déjà plus raisonnable que danseur de fox-trot ou jockey. Et sinon, il lui resterait toujours vendeur de tours Eiffel à Paris.

— Qu'en penses-tu, l'ami ? Va pour écrivain ?

Le chien aboya trois fois.

Ajatashatru prit cela pour un « je pense que c'est une très bonne idée, mec, lance-toi ! »

Alors voilà, sur la couverture, on verrait une vieille voiture d'époque de couleur jaune, avec le mot TAXI peint sur les côtés, lancée à toute vitesse dans les rues de New Delhi. Il y aurait deux personnages. Le chauffeur, un gros barbu aux cheveux ébouriffés. Et un jeune homme en béquilles en train de courir devant la voiture, à toute vitesse, et ce malgré son handicap.

Ajatashatru sourit dans l'obscurité.

Le taxi fou dans sa voiture n'était autre qu'une vision romancée du chauffeur parisien avec sa glacière, et lui, c'était le malade qui traversait la rue.

Le titre serait quelque chose comme *Dieu voyage en taxi*. Maintenant qu'il avait le titre et la couverture, le fakir était fin prêt à commencer son roman. N'était-ce pas ainsi que l'on procédait ?

Alors l'homme enleva sa chemise, prit son crayon en bois Ikea et se mit à écrire sur le tissu, là, dans les ténèbres, le récit dont son esprit accouchait.

***

CHAPITRE UN

Il ne comprenait pas bien pourquoi il était interdit de voyager en avion avec une fourchette alors que l'on pouvait tuer quelqu'un avec un stylo. Il ne comprenait pas bien pourquoi il était interdit de voyager avec un couteau en cabine alors que l'on en donnait, en métal ceux-là, aux passagers de Business Class pour qu'ils puissent manger leur plateau-repas avec distinction. En fait, il ne comprenait pas toutes ces mesures de sécurité alors qu'il était tellement facile de tuer quelqu'un avec ses doigts. Si l'on suivait cette logique, ne devrait-on pas nous amputer de nos mains, ces dangereuses armes, avant d'embarquer ? Ou nous faire voyager dans la soute de l'avion, comme les animaux, bien loin de ce cockpit tant convoité ?

(Comme ce chien qui écoute cette histoire en ce moment et dont les yeux luisants sont mes seuls repères dans la nuit ? *Dieu voyage en taxi* raconterait les tribulations d'un jeune terroriste kamikaze aveugle, un Afghan répondant au nom de Walid Nadjib, quelques minutes avant d'embarquer à destination du Royaume-Uni. Pourquoi aveugle ? Peut-être parce que je suis moi-même dans le noir en ce moment. On n'écrit que ce que l'on connaît, après tout. La scène se déroulerait à l'aéroport de Colombo, au Sri Lanka, point de départ que le terroriste aurait choisi afin de ne pas éveiller les soupçons. Enfin, voilà, je continue.)

L'homme devenait de plus en plus nerveux, repoussant chaque fois à plus tard le passage au détecteur de métaux qui le séparait de la zone sécurisée en allant s'enfermer dans les toilettes. Il avait en effet caché, dans le tube creux de sa canne blanche, assez d'explosif pour détruire en plein vol l'avion dans lequel il allait voyager. Personne ne se méfiait des aveugles.

Il avait parfaitement élaboré son plan, mais une peur invincible assaillait l'homme. Ce n'était pas la peur de mourir, car il était pleinement convaincu de sa cause et ce serait un honneur pour lui de mourir pour la défendre. Ce qui l'angoissait, c'était la peur de se faire arrêter par les autorités avant de pouvoir mettre son plan à exécution (syndrome du camion qui ralentit et qui s'arrête ?).

Mais il avait pensé à tout. Voilà six mois qu'il peaufinait chaque détail de son dernier voyage. Il avait réussi à avoir un faux passeport sri lankais de qualité et un vrai faux visa anglais de court séjour pour affaires. Il portait un costume gris taillé sur mesure et un petit attaché-case dans lequel se trouvait de la documentation sur sa société factice, une boîte spécialisée dans la peinture automobile qu'il allait présenter à Vauxhall, la version anglaise d'Opel. Il transportait également des échantillons des dernières teintes que son entreprise proposait sur le marché, dont le rouge puma et le bleu tortue. Une myriade de nuances de couleurs. Un comble pour un aveugle ! Mais son scénario était rodé, appris sur le bout des doigts, comme du braille, au cas où l'on viendrait à lui poser des questions. Il avait fait tout ce qui était en son pouvoir. Le reste, c'était au bon vouloir d'Allah.

Sans ôter ses lunettes noires, l'homme se passa un peu d'eau sur le visage. S'il n'avait pas été aveugle, il aurait vu dans le miroir des toilettes un vieil homme élégant, bien rasé. Rien sur lui n'indiquait qu'il allait faire exploser un avion en plein vol au-dessus de la mer d'Arabie, peu après avoir décollé.

Walid Nadjib tâta le mur et tira, d'une grosse boîte en métal, quelques serviettes en papier avec lesquelles il s'essuya les mains. Puis, d'un pas décidé, il se fraya un chemin jusqu'à la zone de contrôle. Il connaissait le trajet par cœur. Sa canne en avait balayé chaque centimètre carré. Il avait foulé ces dalles des dizaines de fois, d'abord accompagné puis seul.

Il arriva enfin devant l'une des deux queues qui menaient aux portiques et s'excusa à l'égard *de la personne qu'il venait de heurter et qui attendait pour passer. Il commença par s'enlever la ceinture. Un employé de l'aéroport vint à sa rescousse et l'aida à se débarrasser du reste : sa veste de costume et son attaché-case.*

Enfin, après quelques secondes, ce fut son tour de passer sous le portique du détecteur de métaux.

(Bien, j'ai le début. On continue. Le chien aboie trois fois pour me dire qu'il n'attend que ça.)

***

CHAPITRE DEUX

L'histoire se passait maintenant dans une petite prison sri lankaise. Notre terroriste aveugle s'était fait prendre et c'était là qu'il avait atterri, sans aucune autre forme de procès. On ne l'avait pas condamné à mort, mais une peine de prison dans ce taudis infect revenait un peu au même.

On avait fourni à Walid Nadjib un bhikkhu qui avait dû être un jour de couleur rouge mais qui était maintenant passé à un orange Guantánamo de circonstance après maints lavages.

L'Afghan apprit que c'était la toge que portaient les moines dans ce pays-là et qu'on la donnait aux prisonniers afin qu'ils se purifient l'âme. De toute manière, pour lui, qu'elle soit de couleur rouge délavé n'avait aucune importance car il ne la verrait jamais.

Dans son paquet de bienvenue se trouvaient également une serviette de bain rêche, un lot de dix petites savonnettes (une fois tombées dans les douches, il était conseillé de ne pas les ramasser) et un peigne en plastique.

L'homme se retrouva donc le jour même dans une cellule de sept mètres carrés. Comme il était vieux et aveugle, on le mit avec un seul autre prisonnier. Le reste des locataires, eux, logeaient à quatre voire cinq par chambrée. Il n'y avait pas de place pour tout le monde ici.

Son compagnon de cellule se nommait Devanampiya.

— Comme Devanampiya Tissa, le roi cinghalais, fondateur d'Anurâdhapura. Enchanté, étranger.

Le Sri Lankais avait aimablement tendu sa main vers le nouveau venu. Celui-ci n'avait pas réagi. Alors, voyant les lunettes sombres de l'homme, Devanampiya avait compris qu'il était aveugle.

L'Afghan parlait un peu le cinghalais, cette langue qui frappait fort le palais et émettait de petits claquements secs. Cela facilita les premiers échanges. Par la suite, Devanampiya se mit en tête de lui apprendre sa langue. Ils avaient le temps. Et bientôt, ils purent se lancer dans de grandes conversations sur le monde, Dieu et la nécessité de faire entendre la voix de Dieu dans le monde.

Le Sri Lankais, même s'il n'était pas d'accord avec les pensées radicales de son compagnon, s'accordait à dire que les gens devaient être guidés par la foi et la religion et que le manque de spiritualité qui affectait l'Occident ne pouvait que nuire au bon équilibre des choses sur la Terre. Il n'y avait pas de religion sur les autres planètes, et on voyait ce que cela avait donné : aucune vie extraterrestre. C'est dire !

Un matin, alors qu'ils revenaient des douches, l'aveugle demanda à Devanampiya s'il y avait une fenêtre dans leur cellule. Le Sri Lankais pensa que son compagnon allait lui faire part d'un plan d'évasion.

— J'entends souvent les bruits de la ville, des voitures, la sonnette des vélos et je sens l'odeur des poivrons sur le marché. Toi qui as la chance d'avoir des yeux et de voir le monde tel qu'il est vraiment, pourrais-tu me décrire ce que tu vois par la fenêtre ? Cela serait tellement apaisant pour moi.

À partir de ce jour-là, Devanampiya raconta chaque matin ce qui se passait dehors. Il expliqua que la fenêtre avait trois épais barreaux mais qu'ils laissaient assez d'espace pour apercevoir la place du marché qui s'étendait devant la prison.

Au milieu, il y avait les stands, bâchés les jours de pluie ou de fort soleil. Sur de grands plateaux en bois, les marchands avaient étalé leurs victuailles, riches en couleurs. Les badauds y grouillaient en permanence. Il régnait sur cette place une effervescence continue qui faisait oublier qu'à quelques mètres de là, derrière d'imposants murs de pierre, la vie s'était un jour arrêtée pour une centaine de prisonniers.

Sur le côté gauche de la place, il y avait une grande maison, appartenant sans doute à un riche propriétaire. En se dressant sur la pointe des pieds, on pouvait apercevoir le coin d'une piscine où quelquefois une dame d'origine européenne, à la peau blanche éclatante, venait se baigner dans le plus simple appareil. Mais elle disparaissait presque immédiatement derrière de gros arbres qui avaient sans doute été plantés là pour préserver l'intimité des habitants et exacerber l'imagination des prisonniers.

Du côté droit, il y avait une gare et on entendait souvent le bruit métallique des freins des trains sur les rails.

Juste devant, entre la prison et le marché, il y avait une grande avenue sur laquelle circulaient les véhicules les plus divers. Des charrettes tirées par des bœufs, des voitures modernes, des rickshaws, des camions chargés de marchandises, des autobus bondés de monde, avec des gens suspendus aux fenêtres, couchés sur le toit ou encore amassés sur les marchepieds. Des bicyclettes, beaucoup de bicyclettes avec deux voire trois personnes dessus, des mobylettes de cinquième main que l'Angleterre avait revendues ici. Et des gens, des gens, et encore des gens partout, à perte de vue.

Avec une richesse de vocabulaire impressionnante pour une personne de sa condition, le Sri Lankais décrivait centimètre carré par centimètre carré ce qu'il voyait à travers les barreaux. Lorsque Walid lui demandait de lui expliquer un mot, il arrêtait son récit et devenait professeur pour quelques minutes.

L'Afghan retenait tout.

Il lui demandait chaque jour des nouvelles de l'Européenne.

— Ne se baigne-t-elle pas aujourd'hui ?

— Non. Cela fait plusieurs jours que je ne la vois pas.

— Et le troisième marchand à partir de la droite, le gros monsieur dont on voit les grandes oreilles d'ici, a-t-il vendu tout son stock de galettes ?

— Oui. Sa femme, qui a une grande tresse, en cuisine de nouvelles près de lui avec une poêle posée sur un réchaud. Il ne faudrait pas qu'elle se brûle les cheveux !

— Je les sens d'ici (les galettes, pas les cheveux brûlés). Mmm... Ça donne envie d'en croquer un bout.

Puis l'aveugle aspirait à grand bruit la bouillie de pommes de terre infâme qu'on lui avait servie en imaginant que c'était les galettes aux poivrons de la dame à la tresse.

Les deux hommes passaient ainsi leurs journées. Walid commençait à maîtriser le cinghalais et Devanampiya était heureux de rendre la vue, et la vie, aux yeux de son compagnon.

Ainsi, une grande complicité était née entre les deux hommes.

La vie en prison s'égrenait au rythme des descriptions flamboyantes et précises de Devanampiya. Et le jour où il pleuvait et que le marché était recouvert de grandes bâches de couleur, obstruant la vue du jeune homme, ou le jour où il n'y avait tout simplement pas de marché, le mardi, l'aveugle pressait tout de même son compagnon de cellule pour qu'il lui décrive le paysage dans les moindres détails.

Un jour, le Sri Lankais, hissé sur la pointe des pieds, et les mains empoignant fermement les barreaux, raconta à Walid l'étrange événement qui venait de se produire dehors :

— Un homme d'une quarantaine d'années, avec une moustache, habillé d'une chemise blanche et d'un pantalon beige et s'aidant de deux béquilles, était en train de traverser l'avenue (une folie vu le trafic qu'il y a !) quand une voiture jaune d'époque, une espèce de taxi new-yorkais, s'est précipitée sur lui. Voyant que la voiture ne pourrait s'arrêter, le jeune infirme a lâché ses béquilles et a couru jusqu'au trottoir d'en face, celui de la prison, sans se faire écraser. C'est incroyable !

— Dieu voyage en taxi ! s'exclama Walid à qui on avait interdit de crier le nom d'Allah. C'est un miracle !

L'aveugle empoigna sa toge du poing droit et frotta le tissu contre sa jambe.

— Et alors, dis-moi, maintenant. Que se passe-t-il ?

— Je vois un attroupement, mais comme c'est sur notre trottoir, je ne vois presque rien. La vision est bouchée par la tour de garde. En tout cas, il y a du remue-ménage en bas. Des gardes sont même sortis dans la rue.

— Bien, bien, chuchota l'aveugle.

Il n'y eut aucun autre événement digne d'intérêt ce jour-là.

***

CHAPITRE TROIS

L'hygiène dans la prison était presque inexistante. Même l'eau qui sortait de la poire des douches avait un aspect sombre et terreux. Il y avait des cafards dans les cellules et les gens tous-

saient à toute heure du jour et de la nuit. Une odeur pestilentielle régnait dans les couloirs et les parties communes. Les toilettes étaient sans cesse bouchées et lorsqu'elles ne l'étaient pas, des litres d'eau jaunâtre débordaient des cuvettes et se déversaient sur le carrelage cassé. Les prisonniers pataugeaient alors, en sandalettes ou pieds nus, dans leurs propres excréments comme des animaux en cage.

Un jour que les deux hommes revenaient du patio dans lequel on les laissait se dégourdir les jambes quelques heures, Devanampiya, qui toussait sans arrêt depuis plusieurs semaines déjà, s'effondra dans les bras de Walid, foudroyé.

Le médecin fut appelé en urgence. Lorsqu'il arriva, il examina le corps du jeune Sri Lankais à même le sol. Puis il enleva son stéthoscope, dodelina tristement de la tête et deux gars imposants emportèrent le cadavre en le traînant dans l'eau jaunâtre du couloir.

Préoccupé, Walid demanda à un prisonnier ce qui était en train de se passer et apprit que son ami était mort.

(Je me demande si les aveugles pleurent. Il faudrait que je vérifie. Si c'est le cas, alors Walid pleurera. Il pleurera beaucoup. Sur ces pensées, le chien impatient aboya trois fois pour que je reprenne mon récit.)

Walid avait donc pleuré (à vérifier).

Il avait versé toutes les larmes de son corps et de son cœur cette nuit-là. Et l'on avait entendu ses sanglots jusque chez lui, en Afghanistan. Il venait de perdre un ami, le seul ici, et il venait de perdre de nouveau, avec lui, la vue. Dans ces conditions, la prison allait vite redevenir un enfer.

***

CHAPITRE QUATRE

Walid Nadjib n'eut pas le temps de s'habituer à la solitude de sa cellule. Au bout de quelques jours, on frappa et l'épaisse porte en bois grinça sur ses gonds.

— On t'aurait bien laissé seul, dit le gardien, mais on n'a plus de place. J'espère que ça se passera bien.

Il avait dit cette dernière phrase comme s'il avait su quelque chose sur le nouvel arrivant que l'aveugle ignorait, mais qui ne laissait rien présager de bon.

Lorsque la porte se referma, un silence de mort se fit dans les lieux. L'Afghan parla le premier, comme pour exorciser le mauvais sort. Il se présenta sans oublier d'indiquer au nouveau venu qu'il était aveugle et que celui-ci devrait donc faire un effort pour s'adresser à lui.

À ces mots, le nouveau ne dit rien.

La paille d'une des litières craqua comme des feuilles de salade sous des dents bien aiguisées. L'homme avait dû s'allonger. Bientôt, il s'endormit car une forte respiration, semblable à un ronflement d'ours, satura les oreilles de Walid. L'aveugle pensa que son nouveau compagnon devait être fatigué et il ne le dérangea pas.

Quelques heures après, lorsque vint le repas, l'homme se réveilla et mangea sa bouillie. Walid pouvait entendre sa mastication et ses rots incessants comme s'il s'était trouvé dans son estomac. Il en profita pour lui adresser la parole.

— Excusez-moi si tout à l'heure j'ai dit quelque chose qui vous a importuné. Je suis aveugle et je ne peux voir les expressions de votre visage. Si vous ne me dites rien, j'ai bien peur que je ne sache jamais avec qui je partage ces tristes murs. Le temps passerait bien plus vite si nous faisions connaissance. Enfin, moi ce que j'en dis...

L'autre ne répondit pas.

Walid continuait d'entendre ses dents invisibles fendre la bouillie avec le bruit caractéristique des bottes qui pataugent dans la boue. Intrigué, il se leva et tâtonna jusqu'à toucher la peau moite de son compagnon de cellule. Celui-ci arrêta de mâcher.

— Arrête de me peloter, vieux pervers ! s'exclama l'homme dans un cinghalais qui laissait transparaître de sérieux problèmes de diction. J'en ai massacré pour moins que ça !

Walid retira aussitôt sa main comme s'il l'avait posée sur le feu.

— Non, non, ne vous méprenez pas ! Je suis aveugle. Je voulais juste attirer votre attention car depuis que vous êtes arrivé, vous ne m'avez pas adressé la paro…

— Ce n'est pas la peine de vous fatiguer à parler, coupa le Sri Lankais en bafouillant, je suis sourd comme un pot.

La nouvelle tomba comme un coup de guillotine.

Le nouveau venu était un homme imposant de deux mètres, aux gros muscles et à la bedaine prononcée. Une fine moustache noire barrait son visage comme pour dire « de cette bouche, il ne sortira pas un mot ». Mais Targuyn, grâce à de laborieux exercices articulatoires, avait acquis l'usage de la parole contre le diagnostic pessimiste de tous les médecins qui l'avaient examiné. Ainsi Targuyn n'était-il plus muet, seulement sourd, handicap contre lequel il n'avait rien pu faire.

Lorsqu'il était entré dans cette cellule, il avait tout de suite été attiré par la bizarrerie de cet homme aux lunettes de soleil. Cet accessoire n'avait pas sa place dans un lieu où le soleil pénétrait à peine.

Avec ses lunettes noires et ses mains baladeuses, le prisonnier avait tout l'air d'un pervers. Cela faisait sans doute plusieurs années qu'on l'avait enfermé dans cet endroit miteux et qu'il n'avait pas eu de relations sexuelles, en tout cas assez de temps pour altérer son jugement et pour qu'il prenne un colosse moustachu de deux mètres et de cent quatre-vingts kilos pour une désirable vierge de vingt ans.

Et puis tout devint clair. Les lunettes noires, les progressions de l'homme à tâtons dans la cellule et la canne blanche déposée contre le lit étaient autant d'indices qui indiquaient à Targuyn, qui était un peu lent à la détente, que son compagnon de cellule était aveugle.

Un sourd et un aveugle, se dit-il, la belle affaire !

Alors que la nuit commençait à tomber et que l'on entendait dans les couloirs le tambourin et les cymbales qui rythmaient les repas de la journée, Targuyn se leva de sa couche et s'approcha de l'aveugle qui, la tête vers le plafond et les lèvres frétillantes, semblait être en plein délire ou en pleine prière.

— Je m'appelle Targuyn, dit-il, simplement.

Finalement, le colosse n'était pas un mauvais bougre.

(Alors, que pourrait-il arriver maintenant ? Une idée, vite, le chien aboie !)

En peu de temps, les deux hommes devinrent amis car ils avaient tous deux une chose qui les différenciait des autres prisonniers et les rapprochait l'un de l'autre. Le premier ne voyait pas, le second n'entendait rien. D'une certaine manière, ils se complétaient. Ce que ne voyait pas l'un, l'autre le lui décrivait. Ce que n'entendait pas l'un, l'autre le lui écrivait.

C'était la première fois que Targuyn voyait un aveugle écrire d'ailleurs. D'une main, l'homme touchait les bords du carton, afin de ne jamais en sortir, et de l'autre, il écrivait le plus petit possible. Les phrases s'envolaient dans tous les sens et formaient de jolies gerbes de mots.

Walid, qui regrettait un peu plus chaque jour la perte de Devanampiya et y pensait avec nostalgie, réitéra un jour à Targuyn l'étrange requête qu'il avait un matin formulée à son ancien compagnon de cellule.

Il écrivit : « Décrit-moi se que tu voix par sette fenétr. »

Un tas de questions avaient brûlé les lèvres de Walid depuis la perte de son ami. Ce n'était pas des prières que l'homme proférait dans ses délires, comme l'avait cru Targuyn, mais le récit des descriptions de Devanampiya que l'aveugle se remémorait et se racontait de nouveau à lui-même afin de retrouver l'illusion de voir qu'il avait eue durant les premiers mois de son incarcération.

Ainsi, ce premier jour de printemps, le colosse lut les mots qu'avait griffonnés Walid au stylo sur un morceau de carton. S'il parlait correctement cinghalais, l'Afghan avait en revanche beaucoup de mal avec l'orthographe.

— Tu écris mieux que certains natifs, Walid. Il y a des erreurs, mais on comprend. Par contre, je ne vois pas très bien ce que tu veux. Dis-moi et j'accomplirai ta volonté.

Targuyn parlait quelquefois comme les bons génies qui jaillissaient des lampes des contes orientaux. Pour seule réponse, l'aveugle tapota de l'index sur le carton comme pour insister sur ce qu'il avait écrit.

— La fenêtre donne sur un mur, dit le colosse, un mur de briques. Il n'y a rien à voir.

L'aveugle resta un moment en suspens.

Quoi ?

On aurait dit qu'une main invisible l'avait transformé en statue de pierre.

Puis il baissa la tête, lentement.

Le monde venait de s'écrouler.

Il comprit que son ancien compagnon de cellule avait tout inventé dans le seul but de lui faire plaisir. Un geste altruiste, désintéressé. Un geste d'amour, de fraternité, d'amitié.

(Bon, j'ai écrit sur le devant de la chemise, sur les manches et je viens de terminer le dos. Si j'ai bien calculé, il ne me reste plus de place.

De toute façon, je ne sais plus quoi écrire. Il faudra que je revoie le style. Mais, c'est pas mal pour un premier roman...)

***

Cette fierté d'avoir pu mettre en mots ses idées, ce fut le troisième coup d'électrochoc que le fakir reçut en plein cœur depuis le début de cette aventure. Il savait qu'il tenait là une belle histoire et qu'il n'aurait qu'à la retranscrire sur le papier pour qu'elle devienne un livre. Il se promit d'écrire tout cela dès qu'il serait arrivé à destination, où que ce soit. Après avoir téléphoné à Marie, bien sûr. Il en mourait d'envie.

I

Italy

— Et voilà comment je me suis retrouvé dans votre malle, madame, conclut Ajatashatru dans un demi-sourire.

Disparaître dans le fond d'une valise à Barcelone pour réapparaître à Rome était de loin le meilleur tour de magie qu'il avait réalisé dans sa vie. Houdini n'aurait pas fait mieux.

La belle jeune fille aux yeux verts et aux cheveux noisette le dévisageait, partagée entre la surprise, le scepticisme et l'envie de hurler. C'était déjà mieux que la crise d'hystérie qui l'avait assaillie lorsqu'elle l'avait découvert en ouvrant sa malle. Elle baissa la lampe de chevet qu'elle avait prise comme arme. L'histoire était tirée par les cheveux, certes, mais il y avait dans le ton de l'homme quelque chose de vrai, de sincère. Et puis comment pouvait-on inventer un mensonge aussi gros ?

— Je vais maintenant sortir de cette chambre et je ne vous embêterai plus, madame. Je disparaîtrai à tout jamais de votre vie. Mais avant, j'aimerais vous poser une question.

— Je vous écoute, arriva-t-elle à balbutier dans un anglais impeccable.

— Où sommes-nous ? Ça doit être la quatrième fois que je me pose cette question en deux jours. Si vous saviez ce que c'est embêtant…

— À Rome, répondit Sophie Morceaux, à l'hôtel Parco dei Principi.

— Ah. Vous voulez dire Rome en Italie ?

— Oui, oui. Rome en Italie, confirma la James Bond girl de *Demain ne suffit jamais*. En connaissez-vous une autre ?

— Non.

L'homme semblait si inoffensif et la situation si cocasse que l'actrice ne put s'empêcher d'esquisser un sourire. Elle qui pensait d'abord avoir eu affaire à un fan déséquilibré se sentait maintenant soulagée.

Elle regarda cet Indien, grand, sec et noueux comme un arbre, le visage barré d'une grande moustache façon *Brigades du Tigre*. Sa chemise blanche et froissée était recouverte d'une multitude d'inscriptions microscopiques. On aurait dit un linceul imprimé de hiéroglyphes tracés au crayon.

— Qu'est-ce que c'est ? demanda-t-elle en signalant sa chemise.

— Ça ? Du crayon. Du crayon à papier Ikea. Mais plus précisément, mon dernier roman, enfin… je veux dire, mon premier roman, écrit à l'aveuglette.

— Et vous avez l'habitude d'écrire vos livres sur vos chemises ?

— Vous auriez préféré que je fasse ça sur les vôtres ? ironisa Ajatashatru.

Sophie Morceaux pouffa de rire. Puis elle se tourna vers sa malle béante et désespérément vide.

— À propos des miennes, j'imagine qu'elles sont restées à Barcelone. Enfin, si je comprends bien, je n'ai plus rien à me mettre.

Ajatashatru baissa la tête comme un enfant pris en faute. Il n'eut pas le courage de lui dire qu'il avait conservé une de ses petites culottes dans la poche de son pantalon.

— Moi non plus, dit-il.

Il ne restait plus rien du beau costume, de la chemise et de la cravate qu'il avait loués au vieux Dhjamal. La veste et la cravate faisaient de vieux os en France et la chemise était couverte des premières pages d'un roman.

— De toute façon, je n'aimais pas ces robes, mentit Sophie Morceaux. Ne sommes-nous pas dans le pays de Gucci et de Versace ? ajouta-t-elle enjouée à l'idée d'aller dévaliser les boutiques. Ce ne devrait pas être un problème de trouver quelque chose, non ?

— Je pense, dit Ajatashatru qui ne savait jamais comment répondre aux questions négatives.

— Et à part ça, vous avez des plans pour la soirée ? À quelle heure part votre prochaine armoire ?

Pour la première fois de sa vie, quelqu'un lui faisait confiance, comme ça, sans qu'il ait eu à user d'un vil stratagème, d'un vulgaire truc, simplement en disant la vérité. Les « beaux pays » étaient vraiment une boîte de chocolats pleine de surprises. Et la police n'était pas toujours le comité d'accueil. La nostalgie de son pays s'effaça d'un seul coup pour quelques secondes.

Ce fut là le quatrième coup d'électrochoc que le fakir reçut en plein cœur depuis le début de cette aventure. On venait encore de l'aider. Mais quand pourrait-il donc aider quelqu'un à son tour ?

Touchée par l'histoire de l'Indien, Sophie Morceaux lui avait proposé de passer la soirée avec elle. C'était un personnage exotique, original et sincère, qui lui permettrait d'oublier le temps d'un dîner les personnalités superficielles et édulcorées du show-business qu'elle côtoyait depuis qu'elle jouait dans des superproductions américaines. En outre, elle ne croyait pas totalement en son histoire et préférait imaginer qu'Ajatashatru était un écrivain politique recherché dans son pays qui avait dû voyager clandestinement pour atteindre l'Europe et y demander l'asile. C'était beaucoup plus excitant.

L'hôtel dans lequel l'actrice allait séjourner les jours suivants, à l'occasion du Festival du cinéma latin, se trouvait sur les hauteurs de la capitale italienne, juste derrière le magnifique parc de la Villa Borghese, le poumon de la ville.

Comme le Parco dei Principi Grand Hotel & Spa était bien trop cher pour *Attache-ta-charrue-la-vache*, dont elle arrivait à prononcer parfaitement le nom, elle l'avait invité à dormir dans la chambre d'à côté, la 605, que son agent avait réservée, avec une bonne autre dizaine au même étage, afin que la star ne soit pas dérangée par les curieux.

Cela valait vraiment la peine de voyager dans une malle si l'on vous offrait ensuite une nuit dans la chambre de l'un des hôtels les plus luxueux de Rome, à une cloison près de la femme la plus belle du monde. L'Indien se sentait un peu coupable cependant. À l'heure qu'il était, Wiraj et ses amis ne devaient pas être aussi bien lotis. Il les imagina assis dans le fond d'un camion de marchandises traversant la frontière franco-espagnole, en train de manger des boîtes de conserve et des bichocos en attendant de se faire arrêter une nouvelle fois par la police.

S'il ne savait pas ce qui allait lui arriver dans les dix prochaines minutes, l'Indien était content d'être là. À cette heure-ci, il aurait dû se trouver dans l'avion, de retour chez lui. Et aussi étrange que cela puisse paraître, cela ne lui manquait pas. Du moins maintenant, là, tout de suite, car la pression venait de retomber un peu. Il se dit qu'il était en train de faire un voyage incroyable et qu'il rencontrait des personnes merveilleuses. Il fallait profiter de cet élan de joie, car dans quelques instants il serait sûrement en train de se morfondre dans son lit, seul, en proie à la plus vive des dépressions, celle des exilés, des instables, celle des sédentaires qui se retrouvent parachutés loin de chez eux, qui ont le mal du pays, le manque dans les veines et qui n'ont plus aucune branche à laquelle s'accrocher.

Il pensa à son cousin, si loin. Il aurait tant aimé partager tous ces moments émouvants, mais avec lui, rien de tout cela ne lui serait peut-être arrivé. Et puis, ils n'auraient jamais tenu à deux dans la malle Vuitton. Tant pis, il lui raconterait tout à son retour, s'il rentrait un jour. Si seulement il avait pu tenir informée sa famille de sa progression au fur et à mesure. Il venait de voir en Europe, en deux jours, des choses qu'il n'avait jamais vues en trente-huit ans d'existence et qu'il n'aurait certainement jamais vues s'il n'avait pas un jour décidé de se cacher dans l'armoire d'un grand magasin. Comme quoi, la vie tenait à peu de chose et les endroits les plus banals étaient parfois le début d'excitantes aventures.

Une fois dans sa luxueuse chambre, Ajatashatru sauta sur le grand lit pour en tester le confort. Finie, la vie de bohème et de charlatan, se dit-il, j'ai d'autres ambitions. Entre autres, et en vrac, aider quelqu'un, publier mon livre et revoir Marie.

Satisfait du matelas, il se leva et se rendit dans la salle de bains. Il y avait là une grande baignoire blanche aux pieds et aux robinets dorés. L'Indien pensa qu'un bon bain chaud serait une manière assez correcte de commencer une nouvelle vie. Ce serait un peu comme s'il se lavait de tous ses péchés.

Quand il en sortit, une heure plus tard, dans un peignoir moelleux d'un blanc immaculé, il trouva des vêtements propres pliés impeccablement sur son lit. Une belle chemise marron, un pantalon beige, des chaussettes écrues, des chaussures crème. Il y avait là plus de teintes de beige que sur un nuancier Pantone. Un bout de papier à en-tête, déposé sur la table de nuit, lui disait dans une jolie écriture féminine : *Je vous attends dans une heure dans le hall.*

Il s'empressa d'essayer l'ensemble. Tout lui allait parfaitement, comme cousu sur mesure. Il n'était pas un grand connaisseur, mais les manches n'étaient ni trop courtes ni trop longues et le pantalon tombait bien sur les chaussures.

Ajatashatru se regarda dans le grand miroir fumé de la chambre. Il ne se reconnut pas. Il en jetait. Cette fois-ci, il ressemblait vraiment à un riche industriel indien. Quelle élégance. Il avait peine à penser que c'était bien lui dans cette glace. Il se trouvait beau. S'il avait eu un appareil photo, il aurait pris un cliché et l'aurait aussitôt envoyé à Marie. Mais il ne possédait ni l'appareil ni son adresse. Et puis, ce costume, ce n'était qu'une façade. Il n'avait pas tout ce qui allait avec. La montre, l'ordinateur, le portable, la voiture, la maison, le compte en Suisse. Pourquoi Sophie était-elle aussi généreuse avec lui ? C'était un inconnu. Lui n'avait toujours pas eu l'opportunité d'aider quelqu'un. Il se demanda quel visage aurait la première personne à qui il porterait assistance.

Pour l'instant, il ne voyait que le sien. Il fit un pas en avant vers le miroir. Il manquait quelque chose à ce tableau idyllique pour que la transformation soit complète. Ou plutôt, il y avait un truc en trop.

Pour la première fois de sa vie, l'Indien enleva le collier de piercings de ses lèvres charnues et il se rasa la moustache, plus délicatement que ce qu'on avait pu lui faire le jour de sa condamnation. Ce serait son dernier tour de métamorphose et de disparition. Le fakir venait de s'évanouir à tout jamais dans la vapeur d'eau de la salle de bains et un écrivain venait de naître.

Pendant la petite demi-heure qu'il lui restait avant d'honorer son rendez-vous, Ajatashatru décida, comme il se l'était promis s'il survivait à son voyage passé dans la soute de l'avion, de téléphoner à Marie. Il regretta de ne pas avoir de portable, comme son cousin Jamlidanup. La version officielle, c'était qu'un télépathe n'en voyait pas le besoin, la version officieuse, c'était qu'il n'avait pas assez d'argent, la véritable et inavouable version, c'était qu'il n'avait personne à appeler. Alors, il se contentait du téléphone fixe de sa mère adoptive.

Il appela donc la réception de l'hôtel et demanda à ce qu'on le mette en relation avec le numéro que la Française lui avait griffonné sur l'emballage de chewing-gum.

Alors que le téléphone sonnait, le cœur de l'Indien commença à battre au rythme d'un morceau de techno dans sa poitrine. Qu'allait-il lui dire ? Se souvenait-elle encore de lui ? L'avait-elle attendu ?

Ces questions restèrent sans réponse car personne ne décrocha. À la fois déçu et soulagé, il reposa le combiné, un air triste dans ses yeux Coca-Cola. Il voulait revoir Marie. Il en était sûr maintenant. Qu'est-ce qu'il lui avait pris de refuser ses avances ? Il n'avait pas voulu s'engager pour ne pas compromettre la mission. Mais quelle mission après tout ? Celle d'acheter un lit à clous qui ne lui servirait plus à rien, maintenant qu'il était devenu romancier ? Sauf peut-être à en faire des étagères une fois démonté. Quinze mille clous, ça promettait de bonnes heures de rigolade ! De toute façon, il ne l'avait pas acheté, cet inutile lit à clous. Tant mieux.

Qu'est-ce qu'il avait été stupide ! Il repensa à la main de la poupée de porcelaine lorsqu'elle avait atterri doucement sur la sienne. Il l'avait repoussée. Jamais une telle opportunité ne se représenterait à lui.

À pas lents, il alla chercher son ancienne chemise, qu'il avait déposée précautionneusement sur le bord du bidet avant d'entrer dans le bain, et s'assit au secrétaire.

Il prit un stylo publicitaire de l'hôtel, une grande feuille et commença à recopier méticuleusement ce qu'il avait écrit dans la soute. Il avait quelquefois peine à se relire. Cela n'avait pas été évident pour lui d'écrire dans l'obscurité. Comme son personnage aveugle, il avait utilisé un doigt comme guide de sa mine de crayon afin de ne pas écrire dans le vide. Les lettres étaient minuscules et certains caractères s'étaient effacés par endroits, transformant son roman en un gigantesque texte à trous. Mais comme il en était l'auteur, il n'eut pas de mal à retrouver ses mots et à en inventer d'autres.

Il se demanda ce qu'il était advenu de son premier auditeur, le chien de la soute à bagages. Ayant rejoint sa cachette alors que l'avion atterrissait, Ajatashatru n'avait, à vrai dire, jamais vu la tête, enfin la gueule, de son compagnon de voyage. L'animal avait été bien loin de s'imaginer qu'il avait assisté là aux dernières heures du fakir Ajatashatru et aux premières d'Ajatashatru l'écrivain. Il avait été témoin du plus grand numéro humain de transformation, aux premières loges, dans une soute d'avion.

Le Rajasthanais leva son regard vers la fenêtre. Dehors, le soleil disparaissait derrière les arbres du parc. Le temps était passé bien vite. Il posa son stylo et se leva prestement. Il continuerait plus tard. Il ne voulait surtout pas être en retard pour son premier rendez-vous galant.

Gustave Palourde n'avait eu qu'à voir les vêtements de luxe jetés au sol, à côté du tapis roulant, pour comprendre que l'homme qu'il recherchait avait vidé le contenu d'une valise pour s'y cacher. À l'heure qu'il était, l'hindou devait se trouver quelque part sur la piste, prêt à embarquer dans la soute d'un avion en partance pour l'Italie.

Le Gitan aurait pu dire à l'autre Gitan, Tom Cruise-Jesús Cortés Bla-bla-bla, de le conduire jusqu'à l'avion. Là, il aurait inspecté les soutes et aurait transpercé de son Opinel au manche en ivoire tous les sacs pouvant contenir le grand corps sec et noueux comme un arbre de son ennemi juré.

Mais il n'en fit rien. Il avait une bien meilleure idée.

Les soutes n'étaient pas toutes pressurisées et chauffées, cela dépendait du modèle de l'avion. Il y avait donc de fortes chances pour que, durant le vol, l'Indien devienne un joli petit bloc de glace. Le bagagiste lui confirma qu'à trente-six mille pieds (soit à peu près onze kilomètres), ce qui était l'altitude de croisière d'un vol commercial, on arrivait à une température de – 56,5 degrés. Et dans un but d'économie, toutes les soutes n'étaient pas chauffées, ce qui expliquait que les valises étaient souvent froides lorsqu'on les récupérait sur les tapis.

Si la soute n'était pas pressurisée, il y avait encore moins de souci à se faire. La tête du voleur exploserait en morceaux dans son turban dès l'ascension de l'appareil.

Gustave était néanmoins un gars prévoyant. Dans l'éventualité où son voleur survivrait (on avait bien retrouvé, congelés mais vivants, des clandestins africains et sud-américains déterminés, cachés dans le train d'atterrissage d'un avion), il lui préparerait un gentil petit comité d'accueil à Rome. Son cousin Gino, coiffeur de profession, vivait dans la capitale italienne depuis quelques années déjà.

Mais il fallait d'abord savoir où se rendait précisément la valise dans laquelle l'Indien avait élu refuge, car Rome, c'était un vaste terrain de jeu. Pour cela, il jugea judicieux de déléguer cette investigation à une alliée de choix, son épouse. En effet, comme l'avait si brillamment souligné le jeune bagagiste espagnol en les découvrant, les vêtements dont on s'était débarrassé semblaient appartenir à quelqu'un de riche, ou d'important, ou les deux. Or la femme de Gustave, en lectrice avisée et assidue des magazines people, connaissait toutes les personnes riches ou importantes, ou les deux, de la planète Terre. En moins de temps qu'il ne faut pour le dire en langage des sourds-muets, elle le guiderait vers le propriétaire des habits comme le pendule de Tryphon Tournesol mène Tintin aux sept boules de cristal.

Le chauffeur de taxi en eut donc pour son argent lorsqu'il rapporta à Mercedes-Shayana, qui s'était assise à la terrasse d'un bar du terminal avec leur fille, quelques échantillons du tas d'habits qu'ils avaient trouvés.

— Mère de Dieu ! s'écria-t-elle en inspectant une robe noire sertie de brillants. Si c'est pas la robe de Sophie Morceaux, ça !

La femme avait reconnu la robe de gala échancrée que la célèbre actrice avait portée lors de la tant attendue montée des marches au festival de Cannes en mai dernier.

Elle prit des mesures avec son pouce puis, de ses deux mains, tendit le tissu face à elle comme une couturière professionnelle examinerait son dernier travail. La taille pouvait correspondre, oui. Et après que son mari lui expliqua où il avait trouvé ces fabuleux habits, elle le regarda d'un air sûr et satisfait et annonça qu'il y avait de grandes chances pour que ces habits soient ceux de la star, sur la vie de sa fille qui flirtait à ce moment-là avec le jeune bagagiste.

— Ces vêtements appartiennent à Sophie Morceaux, sur la vie de ma fille QUI FLIRTE AVEC LE BAGAGISTE ! Sssshhhhh...!

Tout en sifflant, la femme balaya l'air d'un grand coup de main comme pour effrayer les mouches, ou les jeunes filles flirtant devant leur mère.

— Bien, bien, dit Gustave en caressant ses phalanges pleines de bagues en or. Maintenant, Tom Cruise-Jesús, c'est à toi de jouer.

— Pardon ? lança distraitement l'Espagnol qui venait d'entendre son nom.

Comme il travaillait dans l'aviation, il ne devrait pas être trop compliqué pour le jeune homme de vérifier si l'actrice française figurait sur la liste des passagers du vol pour Rome-Fiumicino. Si c'était le cas, il ne serait pas non plus compliqué pour lui de prospecter le service de taxis VIP que son agent avait dû lui réserver à son arrivée. Il apprendrait alors où se logeait la star durant son séjour et son job s'arrêterait là.

— Est-ce que tu as tout compris ? demanda Gustave en séparant la main du bel hidalgo de celle de sa fille. Si tu me rapportes toute cette information, tu auras une récompense, ajouta-t-il en signalant Miranda-Jessica d'un coup de tête.

— Ça ne devrait pas trop me poser de problème, répondit le jeune, ravi et motivé.

— Bien, bien. Dès que tu en sauras un peu plus, tu viendras dîner à la maison. On a un petit appartement de pêcheur à la Barceloneta.

Disant cela, le Gitan prit le dessous de verre de la bière de sa femme et y écrivit une adresse.

— Hasta luego.

Les femmes se levèrent et Gustave reprit sa glacière.

— Je peux garder tout ça, Gus ? demanda Mercedes-Shayana en désignant le tas d'habits.

— C'est cadeau, ma poupée, répondit le conducteur de taxi, imaginant déjà sa femme dans la lingerie fine de Sophie Morceaux.

— T'es un amour, mon Gus. Tu vas voir ta p'tite femme…

Elle enfila une des robes, une espèce de toge romaine rose, par-dessus son peignoir fleuri. Après tout, elle était assortie à la couleur de son bas de survêtement et ses sandalettes. Quelle classe ! pensa-t-elle.

Mercedes-Shayana se voyait déjà à la plage, défilant les pieds dans le sable avec ses nouvelles robes.

Sa fille, elle, pensait déjà comment lui voler les ensembles sexy pour ensorceler le beau bagagiste espagnol. Elle avait vite oublié Kevin-Jésus.

Son mari, lui, s'imaginait en train de percer l'Indien comme une pâte à tarte que l'on ne veut pas voir gonfler.

Tom Cruise-Jesús, lui, se disait qu'il avait intérêt de faire honneur à son premier prénom dans cette *Mission Impossible* s'il voulait « gagner » la jolie blonde.

Sophie Morceaux n'avait pas eu de mal à trouver une nouvelle robe de soirée. Aussi se présenta-t-elle au rendez-vous, dans le hall de l'hôtel, en robe bustier grise, un discret diadème orné de brillants dans ses cheveux noisette.

Ajatashatru, qui s'était rapidement habitué au luxe du grand palace et qui était tout occupé à déchiffrer un journal italien, leva ses yeux Coca-Cola vers la jeune femme. Ils pétillèrent comme le soda lorsqu'on le verse dans un verre.

— Vous êtes resplendissante !

— Merci. Vous n'êtes pas mal non plus comme ça. Vous avez l'air plus jeune sans la moustache. Par contre, vous auriez dû laver votre turban, il est un peu sale.

— Je n'enlève jamais mon turban, même devant une dame, dit l'Indien avec des airs de dandy anglais.

Mais il pensa qu'il devrait peut-être le laver avant de revoir Marie un jour. On ne savait jamais, les Françaises pensaient peut-être toutes de la même façon et il ne voulait pas donner une mauvaise impression à celle qui faisait battre son cœur comme une bande sonore de Bollywood.

À ce moment-là, un Européen avec un certain embonpoint, emballé dans d'amples habits en lin blanc qui lui donnaient un look improbable, quelque chose entre un gourou de secte et un ambulancier, entra dans le hall et s'avança vers Sophie Morceaux.

— Allez, Sophie, on va être en retard, lui lança-t-il dans une langue que ne comprit pas le Rajasthanais mais qu'il identifia tout de même comme étant du français.

— Hervé, je te présente mon ami Ajatashatru Lavash. Ajatashatru, let me introduce you to Hervé, my manager.

L'Indien s'inclina en avant puis serra la main du nouveau venu. Une énorme paluche moite et molle.

— *La-chatte-à-trous-la-vache* ? répéta le gros Français en se demandant quels ignobles parents avaient pu donner un nom pareil à leur enfant. Au plaisir !

Puis il prit sa jeune pouliche par le bras et la conduisit vers la sortie sans faire grand cas de l'homme.

— Ajatashatru vient avec nous ! s'exclama l'actrice en réalisant que son agent ne l'avait pas inclus dans ses plans.

— Sophie, c'est un repas important. Il faut qu'on dégotte ce rôle dans le prochain film de Beccassini.

— Par *on* tu veux certainement dire *je*, rectifia Sophie Morceaux.

Si ses yeux avaient été des lasers, les kilos de graisse de l'agent français auraient fondu sur place plus vite qu'avec un régime Weight Watchers.

L'hindou, dont la seule connaissance du français se limitait aux quelques mots qu'il avait l'habitude d'entendre à la télé indienne à l'occasion des fêtes de Noël, à savoir *eau de toilette pour l'homme, eau de toilette pour la femme* ou encore *le nouveau parfum de Christian Dior*, n'eut pas à sortir un dictionnaire pour comprendre qu'il était le centre de la petite dispute de sa protectrice avec son agent. Gêné, il les rattrapa et dit en anglais :

— Ne vous en faites pas pour moi, je resterai à l'hôtel ce soir. D'ailleurs, je suis exténué. Le voyage dans la malle m'a épuisé. Et puis je n'ai pas dormi la nuit dernière.

Hervé, qui parlait un peu la langue de Shakespeare, ne comprit pas trop à quoi se référait l'homme par *le voyage dans la malle*, certainement une expression anglaise, mais cela ne lui disait rien qui vaille, surtout venant d'un mec s'appelant *La-chatte-à-trous-la-vache*. Il prit Sophie en aparté et lui demanda qui était cet Indien et d'où il sortait. À la première question, l'actrice répondit que son ami était

Rajasthanais et que c'était un écrivain de génie persécuté dans son pays. À la seconde, qu'il sortait de sa malle Vuitton, mais qu'il laisse tomber parce qu'il ne comprendrait pas.

L'agent dut donc se résoudre à ce que le nouvel ami de Sophie les accompagne. C'était ça ou la voir regagner sa chambre d'hôtel et laisser passer, de la sorte, l'irrésistible contrat qu'on allait leur proposer. Il savait d'expérience qu'il était inutile d'insister avec les stars capricieuses.

Ainsi, vers 20 h 30, le taxi les déposa devant une imposante bâtisse en pierre dévorée par un gigantesque lierre rampant et des milliers de fleurs et sur laquelle une grande pancarte blanc et rouge annonçait Il Gondoliere. C'était un restaurant italien, mais quel restaurant ne l'était pas en Italie ?

Hervé annonça le nom d'Émilie Jolie au maître, celui-ci hocha la tête comme s'il s'agissait d'un code secret que seuls les initiés pouvaient connaître et les mena à une belle table au fond de la salle, dans un recoin discret.

Cinq minutes plus tard, deux hommes excentriques arrivèrent à leur table. Ajatashatru comprit que l'un d'eux, le plus grand, s'appelait Mick Jagger-LeCoultre, une espèce de rocker avec des montres plein les poignets.

L'autre, qui semblait être son agent, était un petit gros aux mains moites et molles et portait le nom de Steve. L'Indien regarda alternativement Hervé et le nouveau venu en se demandant si les managers de stars étaient tous fabriqués dans le même moule.

— Sophie, c'est un honneur, dit le grand rocker en prenant la main de l'actrice et en y déposant un délicat baiser.

Ses manières raffinées n'allaient en rien avec le personnage. Jeans troués, piercings, cheveux teints en rouge, veste verte délavée. Quelque chose entre un fakir et un clown.

Lorsqu'il se tourna vers l'Indien, la Française le présenta comme un nouvel ami.

— Magnifique, dit le réalisateur de cinéma extravagant, et comment vous vous êtes rencontrés ?

— Eh bien, je l'ai trouvé dans ma valise, tout simplement.

Tout le monde rit.

— Je suppose que vous n'êtes pas né dans une valise, monsieur *Chat-à-truc*...

— Je viens du Rajasthan.

Un vent d'admiration souffla autour de la table.

— Vraiment intéressant. Et que faites-vous dans la vie ? demanda l'agent de Mick Jagger-LeCoultre.

Ajatashatru fut tenté de prononcer le mot *fakir*, comme il en avait l'habitude, mais ce n'était plus ce qu'il faisait dans la vie désormais.

— Je suis écrivain.

— Et Ajatashatru n'est pas un écrivain comme les autres, ajouta Sophie Morceaux. Il écrit ses romans sur ses chemises.

— Oh, vraiment ? Que c'est original ! lança le réalisateur de cinéma qui aimait les gens aussi extravagants que lui. Et vos chemises sont publiées ?

L'Indien sourit.

— À vrai dire, je commence à peine.

— N'est-ce pas formidable ! Levons nos verres à cette grande carrière qui s'ouvre devant vous.

Tout le monde brandit son verre de champagne. Ajatashatru, son verre d'eau.

— Et vous avez un éditeur ?

— Heu... Non.

— On peut peut-être arranger cela, n'est-ce pas Hervé ? proposa Sophie en battant des paupières pour charmer son agent.

D'abord réticent à l'idée, l'homme réfléchit un instant, pour enfin accéder, comme toujours, à la requête de sa pouliche.

— D'accord, d'accord, je connais quelqu'un aux Éditions du Grabuge. Passez-moi votre manuscrit demain matin et je le lui ferai parvenir.

— Super ! s'exclama Sophie en bondissant sur sa chaise comme une petite fille qui vient d'obtenir ce qu'elle veut.

Le reste du repas se passa sans événement notable, si ce n'est la signature de l'important contrat. Profiteroles au chocolat pour certains, tiramisu pour d'autres, re-champagne, re-eau pour l'écrivain révélé. Bref, voilà comment Ajatashatru Lavash Patel, dit « La vache » par le commun des mortels, fakir reconverti en écrivain, mit un pied dans sa nouvelle vie people et fut témoin de la signature de l'un des plus gros contrats cinématographiques de l'histoire. Et comme l'on ne se refait pas et qu'il est toujours difficile d'effacer en quelques secondes une vie passée à réaliser des tours de passe-passe, notre homme ne résista pas à la tentation, entre le dessert et le café, de plier une cuillère d'un simple regard et de se planter un cure-dents dans l'œil sous le regard mi-affolé mi-amusé des convives.

Blotti dans ses somptueux draps en pur lin, Ajatashatru pleurait maintenant comme un enfant. Ça y était, la dépression qu'il redoutait tant. Ça devait bien péter un jour ou l'autre. Il s'était empêtré dans un voyage incertain dont il ne voyait plus la fin, loin de chez lui et des siens et, comme si cela n'était pas suffisant, un tueur rancunier lui collait aux basques et réapparaissait chaque fois que la situation commençait à prendre bonne tournure.

C'était bien trop de pression pour un seul fakir, tout ça.

Il leva les yeux au plafond. Un filet de lumière rentrait par-dessus le rideau et illuminait le mur d'en face sur lequel pendait un tableau de Jesús Capilla encadré d'or. Il représentait un paysage de campagne. Deux paysans, habillés comme au siècle dernier, semblaient se recueillir devant une botte de foin.

L'Indien envia la tranquillité des deux vieux. Leur compagnie était apaisante. Malgré l'anachronisme, il aurait bien aimé se tenir à côté d'eux, immobile et silencieux. Regarder cette botte de foin toute sa vie et ne plus connaître ce mal qui vous prend au ventre. Il savait que le Gitan ne viendrait jamais le chercher là, dans ce champ. Et si par malheur cela arrivait, son ami paysan le défendrait avec sa grande fourche.

Ajatashatru s'essuya les yeux avec un morceau de drap. Quelques minutes après, apaisé par la peinture, les sanglots et la fatigue, il se laissa chavirer doucement dans les bras de Shiva.

Le matin suivant, Ajatashatru se réveilla en sursaut vers 9 h 30, émergeant en sueur d'un cauchemar dans lequel son cousin Jamlidanup, transformé en tomate cerise, rôtissait, empalé sur une pique au-dessus d'un feu. Autour de lui, de joyeux Gitans jouaient de la guitare et dansaient. Jamlidanup criait de douleur et personne ne s'en souciait. Seul Ajatashatru semblait se rendre compte de la souffrance de son cousin, mais étant lui aussi empalé sur la même pique sous la forme d'une vache (sacrée), il ne pouvait pas grand-chose pour lui.

L'Indien se frotta les yeux. Il loua Bouddha de se trouver dans une luxueuse chambre d'hôtel en Italie et non pas dans une salade de tomates prête à être ingurgitée par des Gitans affamés. Il se rappela alors qu'il aurait dû arriver à New Delhi la veille et qu'il n'avait même pas prévenu Jamlidanup. Celui-ci était peut-être encore en train de l'attendre à l'aéroport, furieux ou préoccupé. Quand il rentrerait au pays, il terminerait sans doute au bout de cette pique badigeonnée d'huile d'olive et d'ail qu'il avait imaginée durant son sommeil, et ce seraient des Indiens qui danseraient autour du feu. Et cette idée n'enchantait pas l'écrivain, tout ex-fakir fût-il.

Ajatashatru composa donc le numéro de la réception et demanda qu'on le mette en relation avec le téléphone fixe de Sihringh, qui était le seul qu'il connaissait. Son cousin ayant changé maintes fois de portable, l'Indien n'avait jamais éprouvé la nécessité de tous les apprendre par cœur.

Au bout de quelques sonneries, la voix de la vieille dame résonna dans l'écouteur. Elle éclata en sanglots lorsqu'elle comprit qu'il s'agissait de son petit Aja. Elle se faisait tellement de souci. Mais que lui était-il donc arrivé ?

— Hier, ton... cousin t'a attendu... toute la nuit, balbutia-t-elle noyée dans ses larmes. Il a remué ciel... et terre pour savoir ce qui t'était arrivé. À l'aéroport, ils ont consulté la liste des passagers de ton vol... on lui a dit que tu n'avais pas pris l'avion. Pourquoi es-tu... resté à Paris, mon garçon ? Tu vas bien ?

Elle lui avait toujours parlé comme à un petit garçon, son petit garçon, un moyen comme un autre d'exorciser de n'avoir pu enfanter.

— Je ne suis plus à Paris, Sihringh chérie. Je suis à Rome.

— À Rome ? s'exclama la vieille dame s'arrêtant de pleurer brusquement.

— Une longue histoire. Dis à Jamlidanup que je vais bien, que je suis devenu un honnête homme, un écrivain. Je reviens bientôt.

Ces dernières paroles désarçonnèrent la vieille Indienne. Un honnête homme, un écrivain ? De quoi parlait-il ? Ajatashatru avait toujours été un honnête garçon à ce qu'elle savait. Il était doté, en outre, de pouvoirs surnaturels qui l'avaient rendu, depuis enfant, plus spécial encore. Elle crut un instant qu'il avait perdu son don, ce qui aurait expliqué cette soudaine et incongrue reconversion. Écrivain ? Et pourquoi pas danseur de foxtrot ou jockey ?

— Ne t'inquiète pas, répéta l'Indien, qui ne savait pas que prononcer cette phrase suffisait pour inquiéter davantage la vieille dame.

Puis, après quelques mots de consolation, il raccrocha. Sans lâcher le combiné, il rappela la réception de l'hôtel et demanda qu'on lui repasse le numéro français qu'il avait tenté de joindre en vain la veille. Au bout de quelques sonneries, la merveilleuse voix de Marie résonna dans l'écouteur.

— Ajatashatru ? C'est bien toi ?

Si le tutoiement et le vouvoiement avaient existé en anglais, Marie aurait maintenant basculé vers le « tu ».

— Oui, c'est moi.

Il y eut un silence au bout du fil qui dura quelques secondes. Elle se souvenait donc de lui.

— Tu es toujours à Paris ?

— Non. Je suis à Rome.

La réponse sembla surprendre la femme. Pour elle, il n'y avait que deux endroits où pouvait se trouver le Rajasthanais en ce moment, Paris ou *Quiche-au-yoghourt*, son village en Inde.

— À Rome ?

— Impératifs professionnels, lança Ajatashatru, comme s'il avait dit cette phrase toute sa vie. Je t'appelais pour te dire que…

Il hésita comme un adolescent qui passe son premier coup de fil à une fille. Le rythme des battements de son cœur passa de la musique rap à la techno et se cala enfin sur du Vivaldi.

— J'aimerais bien venir à Paris pour te revoir.

La flèche de Cupidon vint se loger tout droit dans le cœur de Marie. L'homme avait prononcé chaque mot avec une tendresse qui fit pétiller ses yeux. Elle rougit, soulagée que cela ne se voie pas au téléphone. Elle venait de rajeunir d'un coup. Pour me revoir, répéta-t-elle. C'était peut-être idiot, mais on ne lui avait rien dit d'aussi doux, d'aussi gentil depuis bien des années. Les petits jeunes qu'elle trouvait dans les soirées ne voulaient jamais la revoir. Et puis, ils n'étaient pas aussi doux, aussi gentils. C'était des bêtes sans retenue qui ne la désiraient que pour calmer les pulsions de leur testostérone juvénile.

— J'ai aimé notre conversation, nos rires, tes yeux, résuma l'homme, tendrement. Je finis quelques trucs à Rome et je viens. À bientôt, termina-t-il gêné.

S'il y avait bien quelque chose que Marie venait de comprendre, c'est que l'on pouvait tomber amoureuse à quarante ans d'un inconnu rencontré dans la cafétéria d'un Ikea. Ce n'était peut-être pas très raisonnable, mais qu'est-ce que c'était bon ! Comme quoi rien n'était jamais perdu. Une tablette d'Ajatashatru valait tous les antidépresseurs du monde. Elle reposa le combiné, dévorée par les flammes d'un feu sauvage.

Ajatashatru raccrocha.

Il réalisa que lorsqu'il avait appelé la réception quelques minutes avant, pour qu'on le mette en contact avec la France, il n'avait pas la moindre idée de ce qu'il allait dire à Marie. Qu'il allait bien, qu'il pensait à elle. Quoi de plus ? Il tenait juste la promesse qu'il s'était faite dans la soute de l'avion. L'appeler s'il survivait. Voilà tout. Il n'était pas très coutumier des conversations téléphoniques, encore moins avec des dames.

Mais son cœur avait parlé à sa place. Je finis quelques trucs à Rome et je viens, s'était-il entendu dire. Je viens ? Où ça ? À Paris ? Quand, et surtout comment ? Il n'en savait rien. Encore des paroles en l'air ! Des mensonges !

Comment aller à Paris ? Il en avait de bonnes lui. Je finis quelques trucs à Rome et je viens, avait-il dit le plus naturellement du monde, comme s'il avait eu assez d'argent pour se permettre ce genre de luxe. Des projets de riche pour quelqu'un qui n'avait même pas une roupie indienne en poche. Seulement un beau costume beige de marque.

Il se vit assis à l'arrière d'un chargement de pommes de terre, dans son beau costume, la peur au ventre chaque fois que le camion ralentirait. Il devait bien y avoir un autre moyen.

Allez, on y pensera plus tard.

Il balaya ces pensées de son esprit, s'allongea sur le lit et mit la chaîne des sports.

Marie, de son côté, reposa le combiné, comme nous l'avons déjà dit, dévorée par les flammes d'un feu sauvage, phrase qui ne veut pas dire grand-chose mais possède une force littéraire métaphorique des plus efficaces, ainsi qu'une allitération en « f » non négligeable.

Elle fixa le mur quelques instants sans rien dire.

— Tout va bien, Marie ?

La femme se tourna vers le bel adonis de vingt-cinq ans qu'elle avait trouvé quelques heures avant au rayon yaourts du supermarché du quartier. Il était allongé sur son lit, une cigarette au bec, les sourcils froncés, concentré dans son interprétation de James Dean après l'amour.

— Rentre chez toi, Franck.

— Benjamin, rectifia le jeune homme.

— Rentre chez toi, Benjamin.

Il devait être habitué à se faire jeter du lit de ses conquêtes féminines car il se leva et se rhabilla sans broncher, la cigarette au bec et les sourcils toujours froncés.

Lorsqu'elle fut enfin seule, Marie arracha les draps du lit et les balança dans le panier du linge sale. Elle se dégoûtait quelquefois. Comment avait-elle pu rechuter ? La solitude sûrement, l'envie de plaire. Mais ces petits jeunes qu'elle grignotait de temps en temps n'arrivaient pas à la cheville d'Aja. Lui, c'était un homme, un vrai. Un sauvage aux lèvres percées. Moustachu, le regard Coca-Cola et la peau mate. Face à lui, je me sens comme une petite fille. Je ne me suis jamais sentie aussi protégée qu'à la cantine d'Ikea. Je me tiens peut-être à une branche pourrie. Tout ça, c'est peut-être une illusion, une chimère. Mais pourquoi pas ? Si j'ai envie d'y croire. Il est différent. Peut-être que nous deux, on a plus de points communs que les apparences veulent bien nous le faire croire.

Allez, on y pensera plus tard.

Elle balaya ces pensées de son esprit, s'allongea sur le matelas et mit la chaîne des sports.

À midi, Ajatashatru descendit à la réception. En rentrant du restaurant, la veille au soir, il était monté à sa chambre et avait terminé de recopier son manuscrit pour le remettre à Hervé dans la foulée. À cette heure-ci, le Français avait dû le faire parvenir à l'éditeur, qui logeait à Rome cette semaine.

Sophie Morceaux l'attendait en lisant un livre français dont Ajatashatru ne comprit pas le titre, puisqu'il ne contenait pas les mots *eau de toilette, homme, femme, nouveau parfum, Christian Dior*, mais sur lequel était écrit quelque chose comme *Les lapins glapissent lugubrement sur la route les matins d'hiver* d'une certaine Angélique Dutoit Delamaison. Sentant sa présence, la jeune femme leva les yeux et enfonça un marque-page en beau papier cartonné rouge là où elle venait d'arrêter sa lecture.

— Changement de programme, Aja. Nous déjeunerons ensemble un peu plus tard. Le représentant des Éditions du Grabuge souhaite te rencontrer.

— Quand ça ?

— Tout de suite, répondit l'actrice en désignant de son doigt fin le hall du bar.

Hervé était en train de déguster un cocktail avec un autre homme.

— Tu me raconteras, ajouta-t-elle dans un grand sourire.

L'air penaud, l'écrivain parcourut les quelques mètres qui le séparaient des deux hommes. Pourquoi l'éditeur voulait-il le voir aussi vite ? Avait-il eu le temps de lire le manuscrit ?

— Le grand *Achète-un-tas-de-trucs* ! annonça Hervé en se levant.

— *Je-chante-dans-la-rue* ? demanda l'autre homme en tendant une main ferme, quel joli nom !

— Je m'appelle Ajatashatru, mais vous pouvez m'appeler Marcel, si c'est trop compliqué.

— Moi, c'est Gérard François, le typique nom français, quoi, continua l'éditeur dans un anglais parfait. Rien de bien original à côté du vôtre... Bon, j'ai lu votre roman, enfin, votre nouvelle, car c'est assez court. Il paraît que vous l'avez écrite sur votre chemise. Vous auriez dû continuer sur le pantalon... Quoi qu'il en soit, j'ai beaucoup aimé.

Les trois hommes s'assirent. Gérard François ne ressemblait à aucun des agents qu'Ajatashatru avait vus jusqu'ici. Il en était d'ailleurs l'absolu opposé. D'abord, il n'était pas gros et n'avait pas les mains moites. C'était un homme grand, au corps athlétique. De beaux yeux bleus éclairaient son visage harmonieux et hâlé de moniteur de ski. Il portait un élégant costume de marque et une cravate en dépit de la chaleur. Un physique de prof de ski et un nom de chanteur de variété française qui faisaient bon ménage.

— Une seule chose me chagrine cependant, la fin. Changez la fin, ajouta-t-il avec le ton d'un homme habitué à donner des ordres et à se faire respecter. Car je connais déjà cette histoire, mais dans un hôpital.

Les beaux se font respecter plus facilement que les moches, pensa l'Indien. Ils exercent une sorte d'attraction naturelle. Ils suscitent l'admiration et l'envie des autres hommes aussi. Une sorte de manipulation, d'hypnose, sans truc. On les écoute car à côté d'eux, on se sent minable.

— C'est amusant, compléta Hervé, qui n'avait pas résisté à la tentation de lire le manuscrit avant de le passer à l'éditeur, car je connais la même aussi, mais dans un monastère.

— Situer l'action dans une prison sri lankaise est donc inédit à ce jour, j'en conviens, mais changez la fin, de grâce. Parce que le moment où l'on apprend que la fenêtre donne sur un mur, on s'y attend dès la troisième page de votre récit. Et sachant qu'il n'en compte que quatre… Cela ne laisse pas beaucoup de place au suspense !

Ajatashatru venait de réaliser que cette histoire, qui était née dans son cerveau, avait germé dans le cerveau d'un autre avant lui. Il ressentit ce que l'inventeur du fil à couper le beurre avait ressenti en tombant sur le fil à couper la glaise, inventé plusieurs centaines de milliers d'années avant lui.

— Trouvez un autre coup de théâtre pour la fin, proposa gentiment Hervé, attristé par la mine déconfite de l'écrivain débutant. Je ne sais pas moi, par exemple, on apprend que l'aveugle n'est pas aveugle finalement. Ou qu'il n'est pas dans une prison, qu'il a rêvé tout cela.

— Ça, c'est trop téléphoné, dit l'éditeur, trop commun. Il faut une fin à laquelle personne ne s'attend. Mais je suis sûr que notre écrivain trouvera une excellente idée. N'est-ce pas, *Ah-je-bouche-les-trous* ? Après tout, sa marraine n'est pas n'importe qui… Ah, Sophie, Sophie… Bon, recentrons-nous, peut-être cela vous inspirera-t-il ?

Sur ces paroles, il sortit quelques feuilles de papier.

— Nous allons signer un contrat aujourd'hui et vous aurez une avance pour que vous puissiez travailler dans de meilleures conditions. Faites-nous rêver, monsieur *Un-jeune-touche-à-tout*. Ai-je bien prononcé votre nom ?

— Une avance ? demanda Ajatashatru qui se fichait éperdument de comment l'homme prononçait son prénom, mal d'ailleurs.

— Oui, de l'argent pour couvrir vos frais jusqu'à ce que vous ayez terminé, une avance sur les ventes, expliqua le beau gosse. Avez-vous un compte bancaire ?

— Heu, non.

— C'est bien ce que je pensais. Voilà pourquoi j'ai pris la liberté d'anticiper.

Comme un magicien, il fit apparaître de dessous la table une petite mallette noire.

— Bon, mettons-nous d'accord sur le montant. Cinquante mille euros, ça vous va ? dit l'homme sûr de lui, avec un sourire d'autosatisfaction tout en tapotant sur la valise noire de ses doigts fins et bronzés.

— Cinquante mille, répéta Ajatashatru dubitatif.

Le sourire du bel hidalgo disparut.

— Quoi ? Vous trouvez que ce n'est pas assez ? Bien. Alors soixante-dix mille.

L'Indien ne dit rien.

— Vous êtes dur en affaires, monsieur *Jette-ta-perruque* ! Quatre-vingt-dix mille ?

Encore une fois, l'écrivain en herbe n'eut aucune réaction.

— Dis donc, mon p'tit bonhomme, tu te prends pour Marc Levy ?

Le visage de l'ancien fakir s'illumina.

— *Marc Lévite*, un magicien ?

— Oui, un magicien qui transforme des pages en or. Bon, allez, cent mille euros dernier carat.

— OK, dit Ajatashatru impassible.

Un sourire vainqueur apparut sur le visage bronzé de l'éditeur.

— Cache ta joie ! Cent mille euros d'avance pour un écrivain débutant… un petit génie, oui, qui écrit sur ses chemises, mais un écrivain débutant tout de même, eh bien je pense que c'est une belle somme. Enfin, je savais que vous accepteriez à cent mille. Voilà pourquoi vous trouverez cette somme, pas un euro de plus, pas un euro de moins, dans cette mallette que j'ai préparée en conséquence.

En réalité, ce petit jeu aurait pu durer longtemps car notre fakir repenti n'avait pas la moindre idée de ce que représentait une telle somme en euros, d'où son manque de réaction manifeste.

Au bout d'un moment, il sembla réagir et un grand sourire se forma sur son visage. C'était sûrement suffisant pour pouvoir acheter un billet d'avion pour Paris. Et s'il restait un peu d'argent, un gros bouquet de fleurs pour Marie.

L'homme lui tendit le contrat. Bien qu'il fût écrit en anglais, Ajatashatru le signa sans même le lire, se voyant déjà débarquer chez la Française, son bouquet de fleurs à la main. Surprise !

— Je suis content que vous ayez trouvé un accord, dit Hervé. *La-chatte-à-trousse*, il ne vous reste plus qu'à retravailler la fin du livre. Pour ce qui est de l'argent, ça fait beaucoup d'espèces. N'ouvrez pas la mallette ici, faites-le dans votre chambre, seul. Les rues et les hôtels de Rome ne sont pas si sûrs. Il va falloir que vous mettiez tout l'argent à la banque. Nous nous en occuperons dans l'après-midi si cela ne vous dérange pas.

Les deux hommes se levèrent et quittèrent les lieux. Une fois seul, l'Indien se leva à son tour, l'attaché-case dans la main, et s'approcha discrètement de la réception. Derrière le comptoir, un panneau d'affichage lumineux donnait en temps réel le cours de la Bourse de toutes les monnaies du monde. Ce matin-là, 1 euro valait exactement 67,8280 roupies indiennes.

Le calcul fut rapide.

— Six millions sept cent quatre-vingt-deux mille huit cents roupies ! souffla Ajatashatru dans sa langue, sans en croire ses yeux. La vache (sacrée) !

Avec cette somme, ce n'était pas un billet d'avion Rome-Paris et un gros bouquet de fleurs qu'il allait pouvoir acheter, mais l'avion, l'équipage et tout le magasin de fleurs. Il avait là, contre sa poitrine, bien plus d'argent que ce qu'il aurait pu gagner en dix réincarnations.

Il serra fort la mallette et courut jusqu'à l'ascenseur, passant sans s'en rendre compte devant le regard étonné de la belle Sophie qui l'attendait pour déjeuner.

Voilà quelques minutes qu'Ajatashatru Lavash Patel faisait les cent pas et tournait dans sa chambre comme un chien qui ne se décide pas à se coucher. Lui ne se décidait pas sur l'endroit où il cacherait une telle quantité d'argent. Pour avoir été voleur lui-même, il savait qu'aucun lieu au monde n'était vraiment inviolable, et encore moins une chambre d'hôtel italienne, et qu'il ne faudrait pas plus de cinq minutes à un éventuel cambrioleur pour trouver la mallette remplie de billets de banque et repartir avec.

Il décida alors que la chose la plus sage était de ne pas la quitter d'une semelle, bien que les mallettes n'en aient pas, des semelles, et que c'était à son poignet qu'elle serait le plus en sécurité.

En entrant, il avait jeté un coup d'œil vite fait dans l'attaché-case, juste pour voir si c'était vrai, pour voir s'il ne s'était pas fait arnaquer, si on ne lui avait pas menti. Mais non. Elle était pleine à craquer de liasses de jolis billets violets. De vrais billets de 500 euros, imprimés des deux côtés, oui monsieur !

Bien, et maintenant, qu'est-ce que je fais ? se demanda-t-il. Il n'allait tout de même pas se trimballer la valise partout où il irait ! Sophie l'attendait pour aller manger. Peut-être était-il plus judicieux qu'elle monte et qu'ils déjeunent dans sa chambre. Oui, ce serait plus sûr.

Il décrocha le combiné, appela la réception et demanda à l'employé de dire à la jolie jeune fille qui lisait dans le salon de l'entrée qu'elle monte à la chambre 605.

Dix secondes après, on frappa à la porte.

Quelle rapidité !

— Coiffeur pour hommes ! Hairdresser ! cria une voix nasillarde de l'autre côté de la porte.

À moins qu'elle n'ait attrapé un rhume soudain et ne soit devenue coiffeuse entre-temps, ce ne semblait pas être la belle actrice.

— Sorry ?

Ajatashatru ne connaissait pas les coutumes locales mais il trouva bizarre qu'un hôtel, même de cette catégorie, interpelle les clients à la criée dans les couloirs pour leur proposer les services d'un coiffeur. Et puis, de toute façon, tout devient bizarre et suspect lorsqu'on a une mallette contenant cent mille euros dans la main.

— Je ne suis pas intéressé.

— Vous devez au moins signer le reçu qui atteste que je suis passé.

Un reçu ? Cela paraissait sérieux. Il n'y avait pas à avoir grand-peur d'un coiffeur, après tout.

— Où dois-je signer ? demanda l'Indien, crédulement, en ouvrant la porte.

— Où dois-tu *saigner* ? corrigea un petit homme au teint basané.

Disant cela, l'inconnu lança son pied en avant afin de bloquer la porte et tira un couteau à cran d'arrêt de la poche de son pantalon à pinces bon marché. Les coiffeurs, ce n'est plus ce que c'était.

— Désolé, j'ai arrêté, dit ironiquement l'ex-fakir en montrant ses avant-bras couverts de cicatrices.

Mais il n'en menait pas large.

— J'ai un message de Gustavo, enchaîna l'homme dans un anglais fortement teinté d'accent italien.

Son visage, son physique singulier et sa manière de s'habiller rappelaient ceux du conducteur de taxi français.

— *Pousse-ton-veau* ? Connais pas. Moi, c'est Lavash.

La réplique ne sembla pas du goût de l'Italien qui se balança en avant, couteau au poing. D'un bond, Ajatashatru se jeta en arrière, ce qui lui permit d'éviter le coup mais permit aussi à son agresseur d'entrer dans la chambre.

Se souvenant de sa dernière altercation à Barcelone, et plus particulièrement du coup de glacière qu'il s'était pris en pleine figure, l'Indien décida d'en faire autant et propulsa la mallette qu'il tenait à la main dans le nez de l'Italien, juste retour des choses. La grosse tête de l'homme vint s'écraser avec fracas sur les portes de l'armoire qui longeait le couloir d'entrée.

La voie était libre. Mais pour quelques secondes à peine, juste le temps que le Gitan se remette de son coup. Ajatashatru en profita donc pour bondir dehors. Il se précipita dans les escaliers d'urgence et les dévala quatre à quatre, comme s'il avait été poursuivi par un mec qui voulait le transformer en passoire indienne, ce qui était un peu le cas.

Il arriva ensuite dans le hall de l'hôtel, au niveau de la réception, ignora le cours actuel de la roupie indienne, et courut à toutes jambes vers la sortie, passant encore, sans même s'en apercevoir, devant le regard stupéfait de la belle Sophie qui l'attendait toujours pour déjeuner.

Au même moment, Sophie Morceaux regardait, stupéfaite, Ajatashatru s'enfuir à toutes jambes de l'hôtel avec une mallette à la main. Comme Hervé venait de lui apprendre la bonne nouvelle, les cent mille euros d'avance, elle supposa que son nouvel ami était en train de se faire la malle avec la malle. Et cela lui fit l'effet d'une bonne claque. Son concept de l'amitié et de la confiance en prit un sacré coup. Comment pouvait-il lui faire ça ? Elle l'avait recueilli, lui avait offert une chambre, un beau costume, son affection et son temps. Elle lui avait trouvé un éditeur en un battement de cils.

Elle soupira. Après tout, cet homme n'était qu'un clandestin, un voleur vivant de menus larcins. À quoi s'attendait-elle ? Chassez le naturel, il revient au galop d'une vache sacrée. Elle se sentait trahie, jetée comme un vieux Kleenex et elle se promit d'être vigilante envers le prochain Indien qui sortirait de sa malle Vuitton. C'était terminé. Elle jeta par terre, de rage, son exemplaire des *Lapins glapissent lugubrement sur la route les matins d'hiver* d'Angélique Dutoit Delamaison et alla s'enfermer dans sa chambre.

Au même moment, Gérard François se faufilait avec son scooter dans la circulation cauchemardesque de Rome. Sur son porte-bagages reposait le contrat signé par cet insolite écrivain. Il voyait déjà le best-seller sur les étagères des plus grosses librairies, traduit en trente-deux langues, dont l'ayapaneco, ancien dialecte mexicain qui n'était plus parlé que par deux personnes au monde, qui ne savaient pas lire.

Au même moment, Ajatashatru courait vers le parc qu'il avait aperçu depuis la fenêtre de sa chambre. C'était la première fois qu'il courait aussi vite. Et la première fois aussi avec une mallette contenant cent mille euros.

Au même moment, Hervé était remonté dans sa chambre et buvait la dernière gorgée de whisky de la minuscule bouteille qu'il venait de prendre dans le minibar. Il buvait pour oublier, mais en vain. Il repensa aux mains de Gérard François, à sa peau hâlée, à ses lèvres charnues et humides. Pourquoi ses plus beaux amis étaient-ils tous hétérosexuels, beaux et surtout amis ?

Au même moment, Gino dévalait, couteau en main et un peu sonné, les escaliers de l'hôtel à la poursuite de cet Indien qui avait volé et ridiculisé son cousin et était en passe de récidiver, avec lui cette fois-ci.

Au même moment, Ajatashatru courait encore.

Au même moment, le commandant Aden Fik (qui c'est celui-là ?) à la barre de son bateau de marchandises battant pavillon libyen, longeait les côtes italiennes au niveau de Lido di Ostia, satisfait de retourner chez lui après trois mois en mer.

Au même moment, Gustave Palourde s'entretenait, autour d'un bon poulet à l'ail, *un pollastre a l'ast*, avec le père du jeune bagagiste barcelonais au sujet du mariage qui allait unir leurs enfants respectifs, et par conséquent leurs familles.

Au même moment, Miranda-Jessica Palourde, bientôt madame Miranda-Jessica Tom Cruise-Jesús Palourde Cortés Santamaría, reposait dans l'assiette son morceau de cuisse de poulet et se léchait les doigts goulûment tout en fixant son futur mari assis en face d'elle.

Au même moment, Mercedes-Shayana Palourde versait quelques larmes et décidait d'offrir à sa fille les dessous chics de Sophie Morceaux pour sa nuit de noces.

Au même moment, Tom Cruise-Jesús Cortés Santamaría était perdu dans la contemplation de sa future femme qui se léchait sensuellement les doigts en mangeant sa cuisse de poulet. S'il avait été hindou, il aurait tout de suite su en quel animal il aurait désiré se réincarner.

Au même moment, Ajatashatru n'en finissait pas de courir.

En sanskrit, Ajatashatru signifiait *Celui dont l'ennemi n'est pas né*. Mais là, il commençait vraiment à faire mentir son nom et à les cumuler, les ennemis.

Lorsqu'il leva les yeux du chemin cahoteux sur lequel il s'était engagé en entrant dans le parc de la Villa Borghese, l'Indien s'aperçut qu'il se trouvait au beau milieu d'une petite clairière de forme circulaire.

Il regarda à gauche, puis à droite. À découvert, il était fait comme un rat. Mais ce n'était pas la fin de sa course. À quelques mètres de là, profitant de la zone dégagée, les Italiens avaient installé une espèce de gros ballon. C'était une montgolfière de couleur bleue ornée de motifs classiques dorés. Quelques mètres au-dessous, attachée à de fines cordes, tels mille fils d'or, une nacelle fixée au sol oscillait légèrement au gré du vent. À vrai dire, c'était la première fois qu'Ajatashatru voyait en vrai un engin pareil. Il en avait vu un dans le film *Cinq semaines en ballon* tiré de l'œuvre homonyme de Jules Verne.

Hissée à plusieurs dizaines de mètres du sol, la montgolfière permettait aux touristes d'avoir une vision panoramique aérienne de la capitale romaine pour la modique somme de cinq euros.

Par chance, la nacelle était encore au sol et quelques touristes patientaient devant pour y monter. Il n'y avait personne à l'intérieur, le guide étant occupé à vendre ses tickets.

Ajatashatru se retourna. Le Gitan arrivait en courant dans sa direction. Il avait rangé le couteau pour ne pas éveiller les soupçons, mais l'Indien était convaincu qu'une fois à sa portée, il ne se gênerait pas pour le sortir et le transpercer comme une poupée vaudou devant tout le monde. Cette perspective aurait enchanté notre ex-fakir s'il s'était trouvé dans une de ses performances truquées, mais sans un couteau à lame rétractable et quelques complices, la scène perdait étrangement de son intérêt.

Ni une ni deux, le Rajasthanais sauta dans la nacelle métallique.

Le guide le vit et cria : Eh !

Les touristes le virent et s'exclamèrent : Oh !

Gino le vit et cria : Ah !

Ajatashatru avait raison. Témoins ou pas, le Gitan italien sortit le cran d'arrêt de sa poche et le tendit devant lui, prêt à porter l'estoc final. Seul un grillage séparait maintenant la pointe de l'arme du ventre de l'Indien. À bout de souffle, celui-ci ferma les yeux et inclina son buste en avant, les mains sur les genoux pour reprendre sa respiration. Le voyage s'arrête là, pensa-t-il. Sa dernière vision fut celle du tableau qui ornait le mur de sa chambre d'hôtel. Il ne rêvait plus que de paix et de tranquillité et il se surprit à vouloir être réincarné, pour sa prochaine vie, en botte de foin dans un paisible champ.

Quand Ajatashatru ouvrit les yeux, il s'aperçut qu'il était encore vivant et qu'il n'avait pas pris l'apparence d'une botte de foin. Il avait fermé les paupières au moment où l'homme avait lancé son couteau, lame la première, vers son estomac. Mais, instinctivement, l'hindou s'était lancé en arrière, avait trébuché sur un obstacle et était tombé de tout son long sur le sol froid de la nacelle.

Il resta quelques secondes dans cette position, la trouvant de loin plus confortable que d'être debout, face à un meurtrier prêt à lui faire la peau pour cent euros et peut-être lui piquer une mallette en contenant cent mille. C'était la deuxième fois en deux jours qu'il usait la technique du mort. Cela commençait à devenir une habitude, une vraie tactique de guerre.

Aussi, quand plusieurs minutes se furent écoulées sans que le Gitan, le guide ou les touristes aient grimpé dans la nacelle, Ajatashatru se redressa et demeura interdit en position assise. Il s'aperçut que la chose contre laquelle il avait buté n'était qu'une grosse glacière et qu'il y avait bien d'autres obstacles sur le sol, comme une poignée qui ouvrait une trappe et des bonbonnes jaunes contenant certainement des réserves de gaz.

L'Indien se releva sur ses genoux, doucement, et risqua un œil à travers le grillage. Le tueur à gages avait disparu, tout comme le guide et les touristes. Tout avait disparu, les arbres qui entouraient la clairière du parc, le parc lui-même, les maisons, l'hôtel, Rome, la Terre. Tout. Autour de la nacelle s'étendait à perte de vue du papier peint pastel décoré de petites taches blanches. Le ciel.

La montgolfière s'était affranchie de ses fers et, libre pour la première fois dans sa longue carrière touristique, elle s'était élevée dans les airs, quittant pour toujours le plancher des vaches (sacrées).

L'écrivain se pencha un peu. Au-dessous de lui pendait la corde qui, quelques minutes auparavant, rattachait l'engin au sol et que quelqu'un s'était amusé à cisailler au couteau. L'Indien n'était pas mort, mais était-ce une bonne chose qu'il se trouvât abandonné dans l'infinité du ciel aux commandes d'une machine diabolique dont il ignorait le fonctionnement ? N'était-ce pas surseoir à une mort inévitable et bien plus cruelle que celle d'être transpercé de dizaines de coups de couteau sur la terre ferme ?

Le chauffeur de taxi parisien n'était pas assez humain pour désirer une mort rapide à son ennemi. Il avait sans doute chargé son homme de main de lui donner une mort lente, pleine de souffrance. Et celui-ci, voyant le ballon, avait trouvé là la plus vicieuse des tortures.

Ajatashatru n'avait pas le mal de l'air, ou le vertige, encore heureux. Mais voir défiler des toits de maisons aussi petits que des maquettes et des touristes aussi grands que des fourmis en sandalettes avait de quoi faire paniquer même le plus zen des bouddhistes.

S'il n'y avait pas eu de vent, la montgolfière aurait fait du surplace au-dessus de la clairière du parc de la Villa Borghese. Au lieu de cela, portée par le souffle d'Éole, elle voguait lentement mais sûrement vers une destination inconnue. Elle était maintenant à une hauteur de cent cinquante mètres et, à cette distance, on pouvait voir les limites de la ville, les champs qui entouraient Rome et des reflets argentés au loin. C'était vers ces reflets nacrés que filait le ballon à une quinzaine de kilomètres à l'heure. Et bientôt, Rome ne fut plus qu'un souvenir, un minuscule petit point à l'horizon. Encore une ville que je ne visiterai pas, pensa Ajatashatru.

Au-dessus de l'Indien s'ouvrait l'intérieur du globe en toile comme une bouche de poulpe béante. Il avait vu, dans *Cinq semaines en ballon*, qu'il fallait manipuler de temps en temps une molette afin d'envoyer des flammes, ou du gaz, à l'intérieur du ballon. C'était le principe de l'air chaud qui s'élève au-dessus de l'air froid et porte avec lui le ballon dans sa course. Il chercha donc la molette, la trouva et l'actionna. Tel un dragon en colère, une gigantesque flamme s'échappa du réservoir de carburant avant de disparaître dans les ténèbres de cette gorge profonde.

Comme deux siècles auparavant, la montgolfière actuelle ne se dirigeait pas. Elle voguait au gré des vents. L'aéronaute savait donc d'où il décollait mais jamais où il atterrirait. C'était là tout le charme des voyages en ballon.

Bien que la durée moyenne des vols se situât aux alentours de soixante minutes, l'autonomie de l'engin, variant selon la quantité de gaz embarquée, était techniquement de deux, trois, voire plusieurs heures. Sachant qu'en une heure, une montgolfière parcourait de dix à vingt kilomètres en moyenne, il ne fallut pas plus de trois heures à Ajatashatru pour atteindre la Méditerranée, moment que choisit, bien évidemment, la réserve de gaz pour lâcher et lancer l'aérostat dans une inévitable chute vers les eaux profondes de la grande bleue.

L'ex-fakir ne put rien pour conjurer le sort. Il ne put qu'être témoin de sa descente inéluctable vers la surface menaçante de l'eau. Ça y est, il allait mourir. Noyé parce qu'il n'avait jamais appris à nager. De toute façon, à quoi cela lui aurait-il servi ? La côte s'éloignait à vue d'œil chaque seconde un peu plus. Il aurait nagé quelques brasses, maladroitement, et puis il aurait coulé inexorablement comme une pierre au fond de la mer.

Son voyage s'arrêtait donc là. Tout ça pour ça.

Cette jolie surface bleue, d'apparence innocente, c'était sa ligne d'arrivée. Mais le joli bleu passerait bientôt au rouge puma puis au rouge sang. Il y avait donc plus terrible encore que le syndrome du camion qui ralentit et qui s'arrête, celui de la montgolfière qui ralentit et tombe à l'eau.

Se ressaisissant, il chercha un gilet de sauvetage mais n'en trouva pas, le ballon n'étant à la base destiné qu'à la montée et la descente sur point fixe au-dessus de Rome. Dans la glacière contre laquelle il avait trébuché, il trouva des canettes de soda, inutiles en ces circonstances. Il essaya la trappe au sol mais faillit s'évanouir lorsqu'il réalisa qu'il avait les pieds dans le vide. Il la referma aussitôt et attendit, résigné.

Il attendit que la nacelle se pose lentement sur l'eau et commence à s'y enfoncer. Autour de lui s'étendait l'immensité de la mer. Dans quelques minutes, il serait enfermé dans une cage métallique sous l'eau. Dans quelques minutes, il serait mort. Ajatashatru Lavash Patel disparaîtrait de la surface de la terre. Son dernier tour de disparition.

Il regarda la grande étendue bleue. Elle avait dû en prendre des vies, celle-là. Des pêcheurs, des navigateurs en solitaire, des aviateurs en panne de carburant, des clandestins transis de froid dans des bateaux de fortune, ces centaines de clandestins subsahariens dont lui avait parlé Wiraj dans le camion et qui disparaissaient chaque année entre la Libye et les côtes italiennes sans avoir pu atteindre la terre promise, leur seule faute ayant été de ne pas naître du bon côté de la Méditerranée. Eh bien, il mourrait comme eux, happé par l'eau froide. Un corps de plus pour la meurtrière affamée.

Alors il réalisa que s'il disparaissait maintenant, le monde se souviendrait de lui comme d'un arnaqueur, un voleur, un homme qui avait consacré sa vie à prendre aux autres sans jamais rien donner en retour, un égoïste. Or, était-il prêt à se confronter au jugement dernier avec ce poids sur la conscience ? Votre

CV n'est pas brillant, lui dirait Bouddha en jouant avec ses longs lobes d'oreilles.

Non, il ne fallait pas mourir. Pas maintenant.

Pas avant d'avoir pu aider quelqu'un. Pas avant d'avoir pu montrer aux autres, et à lui-même, qu'il avait changé.

Et puis, il y avait Marie. Il ne pouvait pas mourir sans avoir connu l'amour. Ce n'était pas sérieux.

En quelques secondes, toute sa conversation avec la Française lui revint en mémoire comme un film qui passe en caméra accélérée, puis il revit son cousin, sa mère adoptive, tous les bons moments qu'il avait vécus en leur compagnie, puis vinrent les moins bons, la faim, les violences, ces hommes qui se penchaient sur lui en bavant, ces mains moites qui l'agrippaient, ces serpents qui le mordaient. Sa vie entière défila devant lui. Cette courte vie déjà bien remplie mais si vaine. Non, il ne pouvait décemment pas se présenter à Bouddha de la sorte. Il le réincarnerait certainement en tomate cerise au bout d'une pique. Rien à voir avec la tranquillité d'une botte de foin dans un champ.

Mais que faire alors pour ne pas périr ? La situation semblait mal engagée. Prisonnier du piège qui se refermait sur lui un peu plus chaque seconde, Ajatashatru s'agenouilla dans la nacelle qui prenait déjà l'eau et serra la mallette contre sa poitrine. Cette mallette remplie d'argent qui ne lui servirait plus à rien maintenant. Comme quoi, pour une fois, le dicton *l'argent ne fait pas toujours le bonheur* disait vrai.

Le commandant Aden Fik n'avait jamais vu de bouée aussi grosse, aussi bleue et aussi éloignée des côtes que celle qu'il voyait maintenant depuis son poste de pilotage. En homme éclairé et pragmatique, il en conclut que ce n'était donc pas une bouée.

Mais qu'était-ce donc alors ?

Un ballon météorologique qui était retombé du ciel ? Le champignon de l'île fantastique de Tintin ? Une montgolfière avec à son bord un Indien et une mallette contenant cent mille euros ?

C'était quelque chose d'étrange et d'inédit en tout cas, et cela ne lui disait rien qui vaille. Des pirates auraient très bien pu lui tendre un piège. Il fit pousser les moteurs afin que son bateau de marchandises s'approche plus rapidement.

Aden prit ses jumelles et scruta l'OFNI, l'Objet flottant non identifié. Il reconnut aussitôt une montgolfière. Mais là où aurait dû se trouver une nacelle, il n'y avait que la surface opaque de l'eau. La cabine semblait avoir été complètement submergée, avec tous ses occupants.

Écartant la théorie des pirates, le commandant appela un de ses officiers et lui ordonna de mettre une chaloupe à la mer avec deux hommes afin qu'ils effectuent une reconnaissance. Il fallait agir vite. Aden préférait de loin recueillir à bord des personnes vivantes plutôt que des cadavres. Il y avait toujours quelque chose à tirer d'un être vivant. Les morts ne valaient plus rien.

On s'exécuta.

Vingt minutes plus tard, les hommes revinrent au bateau accompagnés d'un grand Indien, mince et noueux comme un arbre sec, en l'occurrence mouillé, coiffé d'un turban blanc. D'une main, il tenait la couverture de survie en aluminium qu'on lui avait mise sur les épaules, de l'autre, un attaché-case noir qu'il ne semblait pas avoir envie de lâcher.

— Je suis le commandant de ce navire, annonça fièrement Aden Fik en anglais, soulagé d'avoir devant lui une personne vivante à qui il pourrait peut-être soutirer quelque chose. Une chance que l'on soit passés au bon endroit au bon moment. Que vous est-il arrivé ?

Ajatashatru se présenta à son tour et lui raconta qu'il participait à une course de montgolfières dans la région de Rome lorsqu'un vent défavorable l'avait dangereusement dévié vers la mer. Ses réserves de gaz épuisées, il n'avait eu d'autre solution que de se poser sur l'eau. Il se serait noyé si ses hommes n'étaient pas apparus.

— Dans ce cas, bienvenue sur le *Malevil*. J'imagine que votre plus grand désir est de retourner à Rome et de retrouver vos habitudes, ajouta le marin en louchant sur l'énigmatique petite mallette noire du rescapé. Cependant, pour une question d'emploi du temps serré, il m'est impossible de me rapprocher des côtes. Vous voilà donc contraint de rentrer à la nage, chose quelque peu compliquée avec une mallette à la main, ou de rester avec nous jusqu'à destination finale, monsieur *Étanche-au-trou-Lavage-Paddel*. Mais dans ce cas-là, il faudra payer, vous comprenez ? La vie a un prix… contrairement à la mort.

Les dernières paroles firent frissonner Ajatashatru. Dans quel guêpier venait-il encore de se fourrer ? Il aurait peut-être dû se noyer quand il était encore temps.

— Et où allons-nous exactement ? demanda-t-il en se forçant à ne pas laisser transparaître sa peur.

Mais le tremblement de son bras contre sa mallette commençait à s'entendre. On aurait dit un percussionniste brésilien en plein carnaval de Rio.

Le commandant désigna l'écusson rouge, noir et vert cousu à sa chemisette.

— En Libye, bien sûr ! Dites-moi maintenant ce que vous avez dans cette jolie mallette.

LAR

Libya

Alors que le *Malevil* mouillait dans le port de Tripoli, le lendemain à 14 heures, Ajatashatru descendait le ponton qui le menait à la terre ferme, plus léger de quinze mille euros mais soulagé.

La traversée forcée lui avait coûté assez cher. Mais cela aurait pu être bien pire. Sur le bateau, il avait été à la merci de l'humeur des Libyens. Après tout, le commandant aurait pu lui prendre l'intégralité de son argent avant de le balancer (lui, pas l'argent) par-dessus bord, ni vu ni connu. En définitive, il s'en était tiré à bon prix.

La Libye vivait une période de bouleversements sans précédent et tout le monde voulait de l'argent, même les commandants de navires de marchandises, surtout eux d'ailleurs, qui se livraient quelquefois au transport d'immigrés illégaux subsahariens ou autres vers l'Italie pour mettre du beurre dans leurs épinards. À l'approche de patrouilles italiennes, il arrivait même que les passeurs jettent les clandestins à l'eau, qu'ils sachent nager ou pas. Ainsi, les Italiens étaient-ils forcés de leur porter secours et de les transporter sur leurs côtes pendant que les criminels repartaient impunis vers la Libye sans être inquiétés afin de préparer la traversée suivante.

Neuf mois après le renversement (dans tous les sens du terme puisqu'il en était mort) du colonel Kadhafi par les forces de l'Otan, le pays était toujours en proie à d'horribles violences, à la violation constante des droits de l'homme et au viol des femmes. Alors il fallait les comprendre ces pauvres gens. Lorsqu'ils avaient l'opportunité de sauver un Indien et sa mallette de cent mille euros en pleine mer, ils ne la laissaient pas s'échapper aussi facilement. Il fallait bien contribuer au bien-être des citoyens libyens qui vivaient là une des périodes les plus sombres de leur histoire.

Mais alors, vous demanderez-vous, comment notre Indien avait-il bien pu sauver sa peau pour seulement quinze mille euros alors que son attaché-case en contenait une bonne centaine de milliers ?

Quand on sait changer de l'eau en vin avec des capsules de colorant habilement dissimulées dans la paume de sa main, lorsque l'on sait tordre des fourchettes en métal « thermofondant » d'un simple regard et quelques caresses, quand on sait se planter une pique à brochette dans une fausse langue que l'on tient entre ses dents, on est à même de se sortir, avec un peu d'intelligence, de tous les pétrins et autres guêpiers dans lesquels on se fourre.

Ainsi, lorsque le commandant, pistolet au poing, demanda gentiment à Ajatashatru d'ouvrir son attaché-case de ministre, le naufragé ne trouva rien à redire et s'exécuta.

Un halo violet, de la couleur des billets de 500 euros, illumina le visage du Libyen comme celui d'un pirate qui découvre un trésor.

— Je doute que vous soyez tombé à la mer au cours d'une innocente petite course de montgolfière, monsieur *La-Vache-Patine*. Je pense plutôt que vous essayiez d'échapper à quelqu'un. Peut-être à la police ? Vous avez braqué une banque ?

— Ne vous emballez pas, ce sont des faux billets, coupa Ajatashatru d'un air convaincant. Il avait arrêté de trembler et semblait reprendre la situation en main, car il avait une idée.

— Ils ont plutôt l'air vrai pour des faux billets ! rectifia le commandant de bord qui ne se laissait pas facilement convaincre par plus filou que lui.

— Ça, c'est parce qu'ils sont bien imités. Tout ça, c'est du matériel de magie. Ça ne vaut pas un clou, parole de fakir !

Disant cela, Ajatashatru sortit une pièce d'un demi-dollar de sa poche et la lança en l'air.

— Face, paria-t-il.

Et la pièce retomba effectivement du côté face dans la paume de sa main.

— Allez, encore face, dit l'Indien en jetant à nouveau la pièce.

Une fois de plus, il remporta le pari.

— Je connais ce tour, dit le marin avec un air d'autosuffisance, cela dépend tout bonnement de la manière dont vous lancez la pièce.

— Bien tenté, remarqua Ajatashatru tout en montrant les deux côtés identiques du demi-dollar. Mais perdu ! On prête souvent des talents de manipulation aux magiciens alors que tout le secret tient dans le matériel... Autre démonstration ?

L'Indien n'attendit pas la réponse du commandant de bord. Il fouilla à nouveau la poche de son pantalon et en sortit son billet vert de 100 euros. Il le retourna plusieurs fois dans sa main, en montra le recto puis le verso.

— Et alors ? fit le Libyen, las de ce petit spectacle de magie improvisée.

— Eh bien que voyez-vous ?

— Un billet de 100 euros.

— Bien observé ! Vous semble-t-il normal ?

— Oui, tout à fait normal. Enfin, à première vue. Vous ne cessez de le retourner comme une omelette.

— Eh bien vous avez encore tout faux, lui fit remarquer à nouveau Ajatashatru en ouvrant ses grands yeux Coca-Cola.

Le commandant sursauta.

— À l'inverse de ce que je vous ai dit il y a une minute, le matériel truqué ne suffit pas à lui seul, quelquefois, pour créer l'illusion. Le magicien doit alors user de tous ses talents de manipulateur.

Disant cela, il montra lentement le recto imprimé du billet puis son verso totalement blanc.

— Ce billet n'est imprimé que d'un côté ! Ce n'est pas possible ! bredouilla le marin qui n'en croyait pas ses yeux.

— L'habileté n'est qu'une question d'entraînement, continua le fakir-écrivain en retournant le billet d'un claquement de doigts, révélant un billet imprimé cette fois-ci sur la face auparavant blanche.

— Incroyable… Comment faites-vous cela ?

— Cette mallette, quant à elle, est truquée, continua le magicien sans écouter l'autre. Vous avez l'impression qu'elle est pleine de billets, vrais de surcroît, mais tout ça, sauf le respect que je dois à un homme armé qui me pointe avec son pistolet, c'est dans votre tête.

Ajatashatru prit un billet mauve d'une liasse, le tendit face à lui en le tenant de la pointe de ses doigts par les coins supérieurs, comme s'il souhaitait en admirer le filigrane par transparence, puis il commença à le plier en deux, méthodiquement, puis en quatre, en huit, et ainsi de suite jusqu'à ce que le bout de papier ne soit pas plus grand qu'un ongle. Il souffla alors sur ses deux mains et le billet disparut. Il reprit un autre billet de la liasse et fit de même, ceci trois fois de suite.

— Vous voyez, ces billets n'existent pas, ajouta Ajatashatru en levant les bras en l'air pour que les trois billets pliés qui se trouvaient dans sa manche glissent à l'intérieur de sa chemise. Ce sont des billets magiques. Des billets truqués, quoi.

— Je ne comprends pas, avoua l'homme qui commençait à mordre à l'hameçon.

— C'est bien simple, ces billets sont faits en pain azyme, sans levain et sans sucre, produit cent pour cent bio, mentit le fakir. Le même procédé que les hosties des curés catholiques, quoi. Les billets fondent dans mes mains, plus chaudes que l'air ambiant, et disparaissent sans laisser de traces.

— Bluffant !

— Voilà pourquoi, bien que je semble être en possession d'une véritable fortune, je ne peux pas vous payer pour le voyage, commandant, car ce magot n'est qu'un leurre, une illusion. Tout au plus, une gourmandise.

Au grand dam d'Ajatashatru, le commandant Aden Fik raffolait des gourmandises. Trois mille-feuilles de billets mauves, voilà ce qu'avait finalement coûté la traversée de la Méditerranée pour le naufragé, en réalité trois liasses, donc quinze mille euros. Et encore, si le fakir, usant de son bagout légendaire, ne l'avait pas sermonné sur les bienfaits d'une diète équilibrée et sur la valeur calorique scandaleusement élevée du pain azyme, c'est toute la mallette qu'il y aurait laissée.

Voilà pourquoi, dès que le *Malevil* ancra dans le port de Tripoli, le lendemain à 14 heures, Ajatashatru descendit le plus vite possible le ponton qui menait au quai, attaché-case au poing, et disparut dans la foule sans demander son reste. Il s'imagina la tête du Libyen mâchouillant son argent sans que celui-ci lui fonde sur la langue, et surtout sa mine lorsqu'il s'apercevrait qu'il s'agissait de vrais billets et qu'il avait laissé échapper une mallette pleine à craquer.

L'Indien venait de débarquer au milieu d'une mosaïque de senteurs et de couleurs nouvelles qui lui rappelèrent à quel point il était seul ici. Un instant, il eut la nostalgie de ses terres, des siens, de ses petites habitudes. Ces jours dans l'inconnu commençaient à lui peser.

Dans cette partie du monde, les hommes avaient le visage mat comme dans son pays. Mais ils ne portaient ni le turban ni la moustache, chose qui les rajeunissait d'ailleurs. Il y avait aussi beaucoup de Noirs, autant de Wiraj, les yeux remplis d'espoir, qui semblaient attendre le départ d'un bateau pour cette Europe tant convoitée que lui venait de quitter si facilement. Autour d'eux, des hommes en civil ou en uniforme militaire, mais tous armés de fusils-mitrailleurs, patrouillaient en fumant des cigarettes de contrebande pour vous rappeler que vous étiez du mauvais côté de la Méditerranée.

Dans son beau costume de ministre qui détonnait avec le dressing code local, le survêtement-sandalettes de rigueur, Ajatashatru essayait de ne pas trop attirer l'attention sur lui. Ces dernières vingt-quatre heures, on l'avait déjà braqué avec une glacière, un couteau et un pistolet, et l'outillage avec lequel on le menaçait semblant aller crescendo, il se retrouverait bientôt, s'il n'y prenait garde, en grande conversation avec le canon d'un vieux fusil-mitrailleur rouillé. La vache (sacrée) était donc devenue pour quelques instants une discrète petite souris blanche se faufilant, riche de quatre-vingt-cinq mille euros, vers ce qu'elle pensait être la sortie du port.

Alors qu'elle arrivait à hauteur du poste de garde, la petite souris indienne assista, impuissante, au racket d'un très jeune Africain par deux militaires armés jusqu'aux dents. L'un des deux hommes avait plaqué l'étranger contre un mur et l'autre était en train de lui faire les poches, nonchalamment, la clope au bec. Ils lui prirent les quelques billets qu'il avait et son passeport. Ils en tireraient un bon prix au marché noir. Puis les militaires crachèrent par terre et regagnèrent leur guérite en s'esclaffant.

Le Noir, dépossédé de son identité et du peu d'argent qu'il avait pour garantir sa traversée vers l'Italie, se laissa glisser contre le mur comme une proie vidée de son sang qui n'a plus la force de se tenir debout. Quand il se trouva le cul sur le sol poussiéreux, il enfonça sa tête dans ses genoux pour disparaître de cet enfer.

Ajatashatru en eut froid dans le dos. S'il n'avait pas été aussi visible que la muraille de Chine depuis Google Earth, dans ses fringues de banquier, il se serait agenouillé à côté du malheureux et l'aurait aidé à se relever. Mais il valait mieux ne pas attirer encore plus l'attention sur lui. Oui, il se serait agenouillé et il lui aurait parlé de l'Italie ou de la France, il lui aurait dit que le voyage en valait la peine. Qu'il avait des amis comme lui qui en ce moment même devaient être en train de bondir dans un camion pour l'Angleterre, les poches pleines de biscuits au chocolat achetés en France, dans un supermarché où l'on trouvait des choses à profusion et où tout semblait vous tendre la main, pour peu que vous ayez quelques billets imprimés des deux côtés. Qu'il fallait qu'il tienne bon, que la terre promise était là, de l'autre côté de la mer, à quelques heures de montgolfière. Que là-bas, il y avait des gens qui l'aideraient. Que les « beaux pays » étaient une boîte de chocolats et que tomber sur la police n'était pas le plus probable. Et puis elle ne frappait pas avec de grands bâtons comme dans son village. Il y avait de bons gars partout.

Mais il aurait aussi aimé lui dire que la vie avait un prix trop élevé pour qu'on joue avec elle, et qu'il n'aurait servi à rien d'arriver en Europe mort, noyé dans la mer, asphyxié dans la cachette exiguë d'une fourgonnette ou intoxiqué dans la citerne d'un camion-essence. Ajatashatru repensa à cette histoire que lui avait racontée Wiraj, à ces Chinois que la police avait retrouvés entassés à dix dans le faux plafond de deux mètres carrés d'un bus, avec des couches de vieux pour se pisser dessus. Et ces Érythréens qui avaient été jusqu'à appeler eux-mêmes la police avec leur téléphone portable parce qu'ils étouffaient dans un camion après y avoir été enfermés par un passeur. Car pour les passeurs, qui profitaient de la vulnérabilité des migrants, c'était le même prix. Un prix qui pouvait aller de deux mille à dix mille euros selon la frontière à traverser. Et comme ils étaient payés au résultat, et que le résultat c'était que le migrant arrive à destination, peu importe si c'était entier ou en pièces détachées, ou si la première chose qu'il voyait du beau pays, c'était la chambre d'un hôpital. Dans le meilleur des cas.

Ajatashatru se rappela ce qu'il avait ressenti en tombant à la mer dans sa montgolfière, la peur de mourir seul et anonyme, de n'être jamais retrouvé, de disparaître de la surface du globe d'un coup de vague, d'un coup de gomme, hop, comme ça. Et puis le jeune Africain avait sûrement une famille qui attendait son retour quelque part, sur cette rive, sur ce continent. Il ne pouvait pas mourir. Il ne devait pas mourir.

Oui, l'Indien aurait voulu lui dire tout cela. Mais il ne bougea pas d'un centimètre. Autour de lui, la foule avait repris vie comme des fourmis s'affairant à leur besogne. Il jeta un coup d'œil vers la guérite. Les soldats continuaient de rire grassement dans leur petit aquarium de verre. S'ils ne le dépouillaient pas lui aussi, ce serait le commandant qui l'avait amené jusqu'ici qui sortirait bientôt de son bateau comme une furie, les yeux remplis de haine et de soif d'argent et donnerait son signalement à tous les mercenaires qui grouillaient dans le coin, et Bouddha sait s'il y en avait ! Il ne fallait pas rester là.

Ajatashatru sortit un des billets de 500 euros qu'il avait gardés dans sa poche et fila tout droit en direction de la sortie. Au passage, il frôla le jeune Africain et laissa tomber le billet à ses côtés en lui glissant un « Good luck » dans sa barbe que l'adolescent ne dut certainement pas entendre.

Ça y est, il venait d'aider quelqu'un. Son premier humain. Et c'était d'une facilité déconcertante.

En agissant ainsi, une sensation de bien-être envahit tout son corps. Il sentit une espèce de petit nuage vaporeux naître dans sa poitrine et s'étendre dans toutes les directions vers les extrémités de ses membres. Bientôt, le nuage l'enveloppa complètement et Ajatashatru eut l'impression de quitter le sol poussiéreux du port de Tripoli sur un énorme fauteuil moelleux. C'était de loin la meilleure lévitation de toute sa carrière de fakir. Et ce fut là le cinquième électrochoc qui secoua son cœur depuis le début de cette aventure.

Il se serait élevé dans le ciel libyen, par-dessus la barrière et l'enceinte barbelée du port si à ce moment-là une grosse voix ne l'avait pas interpellé derrière lui. Il sursauta et retomba à terre de tout son poids.

Ajatashatru mit quelques secondes avant de réagir.

Dans son dos, la voix parla à nouveau.

— Hey !

Ça y est, je suis cuit, pensa l'Indien, le commandant du bateau m'a envoyé ses sbires. Et son cœur commença à donner de grands coups de tambourin dans sa poitrine. Que faire ? Se retourner comme si de rien n'était ? Ignorer la voix et partir en courant comme un dingue vers la sortie ? On l'aurait vite rattrapé.

— Hey, Aja !

L'Indien crut d'abord qu'il avait mal entendu.

— La vache !

Ajatashatru tourna la tête lentement. Qui était donc cette personne qui connaissait aussi bien son nom ?

— Aja, n'aie pas peur, c'est moi !

Là, l'écrivain reconnut cette voix caverneuse qu'il avait entendue pour la première fois à travers l'épaisse cloison d'une armoire dans un camion brinquebalant. Cette terrible voix qui lui avait raconté tous ses secrets sans jamais trembler.

C'était bien lui.

C'était Wiraj.

Ajatashatru en eut presque les larmes aux yeux. Ses lèvres s'ouvrirent dans un immense sourire et les deux hommes se jetèrent dans les bras l'un de l'autre.

D'un côté, l'Indien était heureux de retrouver son ami, enfin un visage connu dans cette partie du monde où rien ne lui était familier. Mais de l'autre, si Wiraj était là, dans ce port de Tripoli, cela signifiait qu'il ne se trouvait pas en Espagne, ou en France, qu'il ne s'apprêtait pas à passer la frontière avec le Royaume-Uni comme il avait imaginé. Et cela le rendit triste.

— Ça alors, Ajatashatru, tu as toujours le chic pour apparaître lorsque l'on ne t'attend pas, toi ! s'exclama le grand Noir en mettant fin à leur étreinte et en lui tapant sur l'épaule.

— Le monde est un mouchoir de poche en soie indienne.

— On dirait que les affaires vont bon train pour toi, continua Wiraj en désignant le nouveau costume de l'Indien et sa mallette. On dirait un riche industriel indien. D'où sors-tu ?

Ajatashatru désigna le *Malevil*.

— Ce bateau vient d'Italie ! lança le Soudanais sans trop comprendre. On dirait que tu ne l'as pas pris dans le bon sens !

L'ex-fakir lui expliqua pour la troisième fois de sa vie qu'il n'était pas un clandestin comme lui et qu'il ne cherchait pas à rejoindre l'Angleterre.

— Écoute, continua-t-il devant le regard sceptique de l'Africain, je te devais une explication dans le camion. Pour les raisons que tu connais, je n'ai pas pu te raconter mon histoire. Mais maintenant, grâce au destin, nos chemins se croisent de nouveau. Je crois que le moment est venu.

— Mektoub, dit l'autre, c'était écrit.

Attablés devant une bière chaude, dans un bar miteux aux alentours du port, fuyant les militaires et le chaos bouillonnant de la ville, les deux hommes s'étaient lancés dans une conversation à cœur ouvert.

Depuis qu'ils s'étaient quittés à Barcelone, Wiraj, qui voyageait maintenant seul, était revenu sur ses pas au gré des accords de réadmission internationaux. On se l'était renvoyé de pays en pays comme si les États avaient joué ensemble à un gigantesque jeu de la grenade dégoupillée. D'abord l'Algérie, la Tunisie et enfin la Libye. Un brin étrange sachant qu'il n'avait pas du tout emprunté ce chemin-là à l'aller. Mais qu'importe. La seule chose qui comptait pour les autorités était de refiler ce bonbon empoisonné à la boîte de chocolats voisine. D'une certaine manière, ils avaient réussi à l'inventer leur foutue catapulte à immigrés.

Le Soudanais, qui n'abandonnerait jamais, car revenir au pays bredouille serait à la fois une immense humiliation, un échec personnel et un gaspillage d'argent flagrant pour ce village qui s'était endetté pour qu'il parte, s'apprêtait maintenant à traverser à nouveau la Méditerranée vers la petite île italienne de Lampedusa. Quand on y pensait, quelle frustration ! Dire qu'il l'avait foulée sa terre promise, l'Angleterre, quelques jours auparavant. Il y était. Si seulement la police n'avait pas arrêté ce maudit camion.

— Mais tu sais, on n'est pas les plus mal lotis. Au cours d'un vol de rapatriement, j'ai parlé avec un Chinois qui m'a expliqué qu'ils payaient des sommes astronomiques pour rejoindre l'Europe en avion, avec des passeports falsifiés d'excellente qualité, et qu'une fois arrivés en France, ils devaient travailler toute la journée et toute la nuit dans des ateliers de confection clandestins dans la banlieue de Paris pour rembourser leur passeur. Et les Chinois ont une culture du respect si élevée qu'ils n'essayent même pas de s'enfuir, de faire un bras d'honneur et de se tirer. Ils perdraient la face et ce serait une grande humiliation pour eux de ne pas rembourser leur passage. Une obligation morale en quelque sorte. Alors ils se mettent sur leur machine à coudre et ils travaillent. Les jolies filles, elles, ne sont pas traitées aussi bien. On les enferme dans des appartements sordides et on les force à se prostituer pour rembourser le passage vers ce paradis promis qui s'avère très vite être un raccourci vers l'enfer.

Ainsi parla Wiraj, sans savoir que les jeunes Africaines subissaient le même sort.

— Tu vois, on n'est pas les plus mal lotis, conclut-il. Blancs, Noirs, Jaunes, on est tous dans la même galère.

— Les plus mal lotis, je ne sais pas, mais c'est un moindre mal, Wiraj.

— Et toi Ajatashatru, tu vas me la raconter cette histoire ?

L'Indien but une gorgée de bière chaude et, comme ils avaient le temps, il commença par le commencement.

— Je suis né entre le 10 et le 15 janvier 1974 (personne ne sait le jour exact) à Jaipur, en Inde. Ma mère est morte pendant l'accouchement. Une vie pour une vie. C'est souvent le prix à payer lorsqu'on vient d'une famille pauvre. Mon père, incapable de s'occuper seul d'un marmot, m'a envoyé vivre chez sa sœur, la mère de Jamlidanup, mon cousin préféré (je le considère comme un frère). Fuldawa (prononcez *Fous le dawa*), ma tante, vivait dans le petit village de Kishanyogoor, à la frontière avec le Pakistan, dans le désert du Tharthar. C'est là-bas que j'ai grandi, au milieu de nulle part. Mais ma tante, me considérant comme une bouche de plus à nourrir plutôt que comme un membre à part entière de la famille, a tout fait pour que je me sente de trop. Voilà pourquoi j'étais toujours fourré chez la voisine, Sihringh, qui m'a élevé comme son propre fils. Ce ne devait pas être facile pour elle tous les jours. J'étais un enfant turbulent, mais curieux et affectueux. Bercé par les contes qu'elle inventait pour moi, je rêvais à l'époque de devenir écrivain ou conteur d'histoires à mon tour. En ce temps-là, nous ne mangions presque pas. Pas d'argent. Nous vivions comme des Néerlandais, non, comme des néandertaliens (je confonds toujours ces deux mots). Un jour, un Anglais qui passait dans le coin, un géologue qui étudiait le désert du Tharthar, le seul type intéressé par un tas de sable que j'aie jamais connu dans ma vie, m'a montré un briquet et me l'a offert en échange d'une fellation. À l'époque, je ne savais pas ce que c'était qu'un briquet. Et encore moins une fellation. Je n'avais que neuf ans. Jusqu'au jour où j'ai compris ce que c'était et que c'était mal. Mais on avait déjà assez abusé de moi. Bref, l'Anglais a fait jaillir de petites étincelles sur son pouce et j'ai trouvé ça magique. Une belle flamme bleue est apparue, là, au milieu du désert. Il a vu que j'étais intéressé par l'objet. Tu le veux, n'est-ce pas ? m'a-t-il demandé. Et voilà comment je me suis retrouvé à quatre pattes entre ses jambes en train de faire quelque chose que je ne comprenais pas, tout heureux à l'idée d'avoir cet objet magique en retour. J'ai sucé un mec pour un briquet ! Tu te rends compte ! Un putain de briquet ! Et moi qui n'étais qu'un gosse. Ça me donne envie de vomir. Alors une fellation plus tard, j'ai couru montrer le briquet à mes amis. On éprouve un sentiment de supériorité lorsqu'on exécute un tour de passe-passe. Tout simplement parce qu'on est le seul à en connaître le secret. Et parce qu'on suscite l'admiration. Ce sentiment devient vite une drogue, crois-moi. Moi, l'enfant du désert et de la pauvreté, suscitant l'admiration, tu imagines ? J'étais devenu un fakir. Et qu'est-ce que j'ai pu en plumer des gars de la ville et des intelligents, par-dessus le marché ! Parce que les intelligents, c'est les plus faciles à arnaquer. Ils sont sûrs d'eux, alors ils ne font pas attention. Ils pensent que personne ne pourra les avoir. Et hop, dans le sac ! C'est leur assurance qui les perd. Les idiots, eux, c'est différent. Ils sont habitués à ce qu'on les prenne pour des cons depuis toujours, alors dès qu'ils ont affaire à un baratineur, ils font beaucoup plus attention. Ils décortiquent tous vos mouvements. Ils ne vous lâchent pas du regard. Ils ne laissent rien passer. Et du coup, paradoxalement, c'est beaucoup plus dur de les embrouiller. C'est Robert-Houdin qui disait ça. Un magicien français. Et il avait raison. Enfin, bref, durant mon adolescence, j'ai vécu quelque temps chez un vénérable yogi rajasthanais. J'ai tout appris de lui. L'art de dévorer des paquets de cinquante-deux cartes (j'étais difficile de surcroît et ne mangeais que celles de marque Bicycle), de marcher sur les cendres et les bris de verre, de me transpercer le corps d'ustensiles de cuisine et de prodiguer à mon maître, sur ses instructions, de bonnes fellations. J'en conclus que c'était là une formule courante de remerciement chez les grandes personnes. Je dévorais tous les livres écrits sur le sujet (la magie, pas l'art de la fellation), Houdini, Robert-Houdin, Thurston, Maskelyne. Je faisais danser une corde au son de ma flûte puis y grimpais avant de disparaître dans un nuage de fumée. Ma grande habileté fit que l'on m'attribua bientôt des pouvoirs surnaturels. Je devins un demi-dieu dans le village. S'ils avaient su. Mon seul pouvoir, c'était de ne jamais me faire pincer en fait ! Quoi qu'il en soit, ma réputation m'amena à vingt-cinq ans aux portes de la résidence dorée du maharaja Lhegro Singh Lhe où l'on m'engagea comme fakir-bouffon. Mon but, divertir la cour. Par tous les moyens. Je vivais alors dans le mensonge, le faux, la tromperie. Et cette tromperie s'est vite retournée contre moi. Tu comprends, je devais coller au personnage, alors comme il était bien plus spectaculaire de prétendre que je ne me nourrissais que de vis et de clous rouillés au lieu d'une alimentation normale, eh bien, on ne me donnait que cela à manger. Je mourais de faim. J'ai tenu une semaine. Un jour, n'en pouvant plus, j'ai volé quelques victuailles dans la cuisine et je les ai dévorées à l'abri des regards indiscrets. On m'a pris la main dans le sac. Le maharaja était ulcéré. Pas à cause du vol, non, mais parce que j'avais menti. Je ne me nourrissais pas de boulons mais de poulet et de crevettes, comme tout le monde. Je l'avais pris pour un con en somme, et ça, c'était dur à digérer pour un homme de son rang. On m'a d'abord rasé la moustache, humiliation suprême, puis le maharaja m'a demandé de choisir entre faire de la prévention auprès des enfants contre le vol et la délinquance dans les écoles, ou me faire couper la main droite. « Après tout, un fakir ne craint ni la douleur ni la mort » m'a-t-il dit avec un gros sourire. Bien sûr, j'ai opté pour la première solution. Pour le remercier de m'avoir laissé le choix de ma peine, je lui ai proposé de lui faire une fellation, avec la plus grande innocence du monde. N'était-ce pas un signe de gratitude chez les adultes ? Personne ne m'avait dit que c'était mal. J'étais encore vierge. Outré, il m'a chassé du palais à coups de pied dans le derrière. Je le comprends. Maintenant que j'y pense, j'ai honte. Sans argent, j'ai repris mon travail d'arnaqueur nomade. J'ai trompé tout le monde, mon peuple, les touristes de passage, bref, tous ceux qui croisaient mon chemin. Récemment, j'ai fait croire à tout le monde qu'il était vital pour moi d'acheter le tout dernier modèle de lit à clous Ikea. Et ils sont tous tombés dans le panneau ! J'aurais pu leur dire que je partais conquérir la Toison d'or. Tout le village s'est cotisé. Bien évidemment, je ne dors pas dans un lit à clous. J'ai un lit douillet dissimulé dans une armoire du salon. Mais je pensais que je pourrais ensuite le revendre. C'était peut-être même juste un caprice, je n'en sais rien, ou pour me rendre compte à quel point ces crédules pouvaient me payer tout ce que je voulais. Le village s'est endetté pour moi, comme le tien l'a fait pour toi, Wiraj. Mais moi, c'était par tromperie. Par égoïsme. Je ne voulais aider personne. Des gens que je connais depuis l'enfance ont donné de l'argent pour moi alors qu'ils ne mangent même pas à leur faim. Tout cela dans l'espoir de m'aider, d'aider ce demi-dieu que je suis devenu. Mais ce voyage m'a changé. Je ne suis plus le même. Ton histoire d'abord, qui m'a bouleversé, puis d'autres rencontres au gré de tous ces imprévus qui ont jalonné mon périple jusqu'ici, l'amour de Marie, je vais te raconter, l'amitié de Sophie, je vais te raconter aussi. Et puis ces quatre-vingt-cinq mille euros dans cette mallette. Attends, ne me regarde pas comme ça, Wiraj, je vais te raconter.

Après lui avoir narré en détail les derniers événements, Ajatashatru finit d'un trait sa bière chaude et fixa Wiraj de son regard Coca-Cola. Son ami ne disait rien, ne sachant que penser. Le récit l'avait soufflé. Le désir de se racheter exprimé par l'Indien n'était-il pas un nouveau truc, un nouveau mensonge ?

Ajatashatru regarda la mallette, puis son ami soudanais, puis à nouveau la mallette. Il en était sûr. Il avait enfin trouvé la bonne personne à aider. C'était une évidence. Il repensa au périple du Soudanais qui semblait, tout comme son voyage, ne jamais prendre fin.

Il se remémora aussi la sensation de bien-être qu'il avait eue en donnant le billet de 500 euros au jeune immigré du port, le nuage qui avait poussé en lui et l'avait enveloppé d'une douceur aérienne. Son cœur battant au son du tambour. Il avait découvert qu'il existait un sentiment bien plus fort que la satisfaction hautaine d'avoir pris quelque chose à quelqu'un par la ruse et la dissimulation, celui d'offrir ce quelque chose à une personne qui en a besoin. Le jeune Africain avait été son coup d'essai, il exécuterait maintenant son coup de maître.

Ajatashatru jeta de petits coups d'œil furtifs autour de lui. Ils étaient assis à une table dans un coin isolé du bar. Il n'y avait d'ailleurs que deux clients, deux vieux loups de mer qui parlaient dans leur langue et semblaient se raconter leurs aventures. Ils trinquaient bruyamment, peut-être pour se féliciter d'être encore en vie après une existence passée à défier la grande bleue.

L'Indien ouvrit la mallette, agrippa plusieurs liasses de billets, les compta et les posa devant le Soudanais.

— Ça, c'est pour toi, Wiraj. C'est pour les tiens. Quarante mille euros.

Il referma aussitôt l'attaché-case.

— Ce qu'il reste dans cette mallette, c'est pour les miens, tous ceux que j'ai trompés, que j'ai déshonorés, salis. Quarante-cinq mille euros pour me racheter, pour leur offrir de quoi manger, de quoi vivre dans de bonnes conditions.

La mâchoire de Wiraj continuait de pendre dans le vide. Au début, il n'avait pas trop cru l'histoire de l'éditeur français à Rome, le roman écrit sur une chemise, le manuscrit, l'avance, mais il devait se rendre à l'évidence. Où le Rajasthanais aurait-il pu trouver autant d'argent sinon ?

— Avec une telle somme, bafouilla le grand Noir, je n'aurais même plus besoin de partir en Angleterre. Tu te rends compte, Aja, je pourrais rentrer tranquillement au Soudan, à la maison…

Il avait dit cela avec une lueur de nostalgie dans les yeux.

— Mais je ne peux pas accepter.

Ajatashatru aurait cru que la sensation de bien-être procurée par la bonne action serait proportionnelle à la somme donnée. Il s'attendait donc à ce qu'elle fût quatre-vingts fois plus saisissante que celle qui l'avait assailli après avoir laissé tomber le billet de 500 euros aux côtés du jeune Africain que l'on avait si vilement dépouillé. Mais ce ne fut pas le cas. Ce n'était pas le montant que l'on donnait qui comptait, mais le seul geste de donner. Il avait ressenti la même émotion que la dernière fois, avec autant de force. Son nuage l'avait fait décoller de la table puis s'élever vers le plafond du bar. Mais la dernière phrase de Wiraj fit à Ajatashatru l'effet d'une bombe et il retomba une nouvelle fois à terre.

— Tu dois accepter ! Il n'est pas question que je reparte avec cet argent. Il est pour toi, Wiraj, prends-le !

— C'est ton argent. Tu l'as gagné honnêtement, pour une fois (il souligna bien ces trois mots), en écrivant ton livre.

— Eh bien justement, s'il est à moi, je suis libre d'en faire ce que bon me semble.

Ajatashatru n'aurait jamais cru qu'il serait si difficile pour un clandestin d'accepter quarante mille euros en grosses coupures.

— Fais-le pour moi, Wiraj. Plus de soute de bateau, de coffre de voiture, de camion de marchandises. Je veux que tu sois un homme libre, pas un homme traqué vivant dans la peur. Un homme bousculé de pays en pays. Redeviens un père. Tes enfants t'attendent.

Wiraj hésita longuement, à peu près deux secondes, puis il accepta.

Les billets de banque, tout comme les cochons, ont une propension à dormir dans la position des piles AAA dans un boîtier de télécommande. Un vers le haut, un vers le bas, un vers le haut, un vers le bas. C'est ainsi qu'Ajatashatru disposa les liasses de billets mauves qu'il restait dans sa mallette afin de combler l'espace vide laissé par ceux qu'il avait donnés à son ami.

Chacun avait dû reprendre son chemin. L'un irait vers le nord, l'autre vers le sud, mais les deux hommes garderaient à jamais le souvenir de ce qu'ils avaient partagé. Peut-être se croiseraient-ils un jour de nouveau ? Mektoub. Peut-être était-ce écrit ? Le monde était un vrai mouchoir de poche en soie indienne.

L'écrivain indien était assis à l'arrière d'un taxi, direction l'aéroport. Le dernier qu'il avait pris avait en quelque sorte été le point de départ de cette extraordinaire aventure. Celui-là, dont les sièges étaient bien moins confortables mais dont le conducteur ne chercherait pas à le tuer au moins, en marquerait la fin.

C'était décidé. L'Indien prendrait le premier avion pour Paris, il rejoindrait Marie, accepterait d'aller prendre un verre avec elle, ou d'acheter des lampes à Ikea, ne retirerait pas sa main lorsqu'elle l'effleurerait, et passerait ses soirées à regarder ses beaux cils recourbés qui battraient au rythme de son cœur. Il lui révélerait tous les trucs de magie qu'elle désirerait et réécrirait la fin de son roman, la tête de son amour posée sur son épaule.

Il n'avait plus rien à faire en Libye. D'ailleurs, il n'avait jamais rien eu à y faire, un peu comme un chêne qui se serait retrouvé, du jour au lendemain, replanté dans le désert du Sahara. Il n'avait surtout plus rien à faire en Inde. Le nouvel Ajatashatru Lavash Patel n'avait plus sa place là-bas. Comme les cobras qu'il avait charmés durant toute sa carrière, sa peau avait mué. Il avait laissé à Kishanyogoor celle d'un vieil arnaqueur. Il ne pouvait plus y retourner et avouer que sa vie n'avait été jusqu'à maintenant qu'une grande mascarade. Il ne pourrait plus rendre aux gens l'espoir et l'illusion qu'il leur avait volés. On ne comprendrait plus rien. Aja revient, oui, mais il n'est plus fakir, il ne veut plus s'habiller avec ses grosses couches de bébé, il veut mettre des belles chemises. Au fait, il n'a jamais eu de pouvoirs. C'était juste pour vous prendre de l'argent tout ça. Vous prendre vos maigres économies. Il ne change pas l'eau en vin, il ne guérit pas le cancer, il est même trop chochotte pour supporter une prise de sang, alors imaginez s'enfoncer une fourchette dans la langue ! Ah bon, vous l'avez déjà vu faire ? Oui, mais c'était une langue en latex !

Non, vraiment, il ne pouvait plus revenir. Il lui faudrait commencer une nouvelle vie ailleurs, loin de là. Dans un pays où il ne risquerait pas de croiser un seul habitant de son village tharthare. Il appellerait Jamlidanup et Sihringh dès qu'il arriverait et il leur expliquerait. Cela leur ferait sûrement de la peine, mais ils comprendraient. Il leur enverrait trente-cinq mille euros. Pour eux et pour le village, pour qu'ils ne soient jamais plus dans le besoin. Et là, ils comprendraient vraiment. Il garderait dix mille euros pour lui, pour lui et Marie, il fallait commencer à penser pour deux à partir de maintenant. Ce serait leur tapis volant pour décoller vers leur nouvelle vie.

Une vie honnête, innocente, normale.

Il y aurait de l'amour aussi. Sûrement.

Mais arrivé à l'aéroport international de Tripoli, tous les projets qu'il venait d'échafauder s'effondrèrent comme un château de cartes truquées. Le dernier avion pour Roissy-Charles-de-Gaulle avait décollé la veille et le prochain n'était prévu que dans deux jours, voire plus, le temps que l'on déloge les derniers rebelles qui s'étaient installés sur la piste.

Le turban des hindous était autrefois utilisé par les Indiens du désert pour mesurer la profondeur des puits. Pour la première fois depuis des années, Ajatashatru l'enleva pour mesurer la profondeur de sa peine.

Cela prit plus de temps que prévu pour libérer les deux pistes en asphalte de l'aéroport international de Tripoli. Il fallut attendre cinq jours. Cinq jours interminables durant lesquels Ajatashatru resta enfermé dans sa chambre d'hôtel, ne sortant que pour acheter de bien maigres victuailles. On n'a pas faim quand on est amoureux. On a encore moins faim quand on est amoureux dans un pays en guerre. Alors des chips, des barres chocolatées et des bonbons suffisaient amplement. De bons bains chauds aussi.

Avec tout l'argent qu'il avait, il aurait pu s'offrir les meilleurs restaurants de la capitale libyenne, c'est ce que vous pensez. Alors pourquoi rester cinq jours enfermé dans un aéroport ? Eh bien parce que l'ambiance chaotique de la ville ne donnait pas précisément envie à un étranger de se promener dans les rues, les poches pleines d'argent, à la recherche d'un établissement gastronomique. Il n'y avait presque plus de chars dans la rue et l'armée ne forçait plus les étrangers à embarquer dans de gros bateaux de pêche pour envahir les côtes italiennes comme elle le faisait quelques mois auparavant, mais bon, ce n'était pas Euro

Disney non plus. Et puis ce qu'Ajatashatru Lavash Patel avait vu dans le port de Tripoli resterait longtemps ancré dans sa mémoire. Le jeune Africain glissant le long du mur pour pleurer de rage après qu'on l'avait racketté. Avait-il trouvé le billet ? Qu'en avait-il fait ? Où se trouvait-il à présent ? Des questions qui resteraient à jamais en suspens mais auxquelles l'Indien préférait donner des réponses optimistes.

Le distributeur de sandwichs du terminal de l'aéroport qui se trouvait quelques étages au-dessous de son hôtel se vidait donc, jour après jour, au gré de ses explorations quotidiennes dans l'aérogare.

Coupé du reste du monde, un peu comme s'il s'était trouvé sur une île déserte, l'Indien repensa aux derniers jours qu'il venait de vivre. Cette course folle qui l'avait mené jusqu'ici. Ces étranges événements qui avaient fait de lui un homme nouveau. Les cinq électrochocs qui l'avaient assailli au cours du périple. On devient vite philosophe lorsqu'on a toujours vécu chichement et que l'on se retrouve du jour au lendemain avec une mallette contenant cent mille euros.

D'abord, en recevant cette somme, il avait ressenti de la méfiance, car s'il y avait bien une chose que la vie lui avait apprise c'était que les cadeaux ne tombaient jamais du ciel, comme ça, gratis. Sans avoir à faire de fellations, du moins. Au minimum. Le monde était plein d'arnaqueurs, de tricheurs, de charognes, comme lui. Le monde était un immense terrain de chasse. Il en savait quelque chose puisqu'il avait été lui-même un prédateur.

Mais lorsqu'il avait vu sa chambre d'hôtel à Rome, ce luxe, offert sans que rien lui soit demandé en retour, puis tous ces billets mauves pour quelques lignes sur une chemise, il avait réalisé à quel point l'homme pouvait être bon. On lui avait fait confiance. Comme Sophie Morceaux, actrice et vedette internationale, qui avait pris un peu de son temps pour s'occuper de lui et lui venir en aide. Il faudrait qu'il la remercie, qu'il lui explique la raison de sa fuite. Il lui écrirait une longue lettre dès qu'il arriverait à Paris.

Finalement, le monde n'était pas fait que d'arnaqueurs, de tricheurs et de charognes. Et ces derniers jours, les rencontres lui avaient enseigné qu'il y avait bien meilleur profit que de prendre l'argent frauduleusement aux gens, celui de le donner et de faire le bien autour de soi. S'il l'avait entendu de la bouche de quelqu'un d'autre, il aurait trouvé cela mielleux, dégoulinant de bons sentiments, démago au possible. Mais c'était tellement vrai. Il se rappela le regard du Soudanais lorsqu'il lui avait donné les quarante mille euros. Il n'oublierait pas ses yeux de sitôt. Ni ceux de Marie.

Marie.

Bientôt.

Chaque soir, il se couchait en pensant à elle, au son des mitraillettes qui parfois crachaient leur venin pas très loin de là. L'attaché-case qu'il serrait fort dans ses bras prenait la forme, dès qu'il s'endormait, des hanches fines de la Française et le plongeait dans le plus joli des rêves.

F

France

La veille de son départ, Ajatashatru appela Marie depuis une cabine téléphonique publique et l'avisa de sa venue imminente à Paris et de ses résolutions. La faire sienne. Ne plus jamais retirer sa main lorsqu'elle l'effleurerait, ne plus jamais refuser un verre ou une nuit romantique. Il voulait aller voir avec elle ses cousins qui vendaient des tours Eiffel et des appartements sur le Champ-de-Mars. Il voulait tout voir avec elle.

— Tu sais, ce qu'il y a de plus drôle dans tout cela, c'est que tu es allé en Angleterre, à Paris, à Barcelone, à Rome et que tu n'as vu ni le Big Ben, ni la tour Eiffel, ni la Sagrada Familia, ni le Colisée, rien de tout cela. Tu es un peu comme mon amie Adeline, qui ne connaît des plus prestigieuses capitales européennes que leur aéroport. Elle est hôtesse de l'air. Eh bien, nous irons tous les deux et je te ferai découvrir ces « beaux pays ».

Elle avait utilisé l'expression de Wiraj, et Ajatashatru ne put s'empêcher de se demander où serait son ami à présent. En tout cas, certainement plus en route pour l'Europe, assis sur le plancher sale d'un camion. L'argent serait-il suffisant pour que ses enfants ne cachent plus un gros ballon sous la peau de leur ventre, pour que les mouches partent à jamais de leurs lèvres et de leur pays et que leurs yeux s'illuminent à nouveau ? Serait-ce suffisant pour qu'ils puissent penser à autre chose que la faim ?

— On a déjà assez perdu de temps comme cela, dit la Française, sortant Ajatashatru de ses pensées.

— Oui, répondit-il.

Il avait les yeux et les oreilles qui brillaient.

Imaginez l'état dans lequel était Marie lorsqu'elle raccrocha. Aux anges, pardi ! Elle venait de retrouver ses vingt ans. Elle enfila des tennis et courut acheter des bougies parfumées, un magret de canard et quatre belles pommes jaunes.

Heureux qui, comme Ajatashatru Lavash Patel, a fait un beau voyage en armoire et puis est retourné, plein d'usage et raison, vivre avec son amour le reste de son âge…

Minute papillon ! Ne parle pas trop vite, se dit l'Indien, assis sur le siège confortable de l'Airbus qui l'emmenait vers Paris. Vu ta chance, tu n'es pas à l'abri d'un détournement d'avion. Et hop, ce serait reparti pour un tour ! Je ne serai tranquille que lorsque j'atterrirai à Paris et que lorsque je prendrai Marie dans mes bras. Il lança un coup d'œil au joli bouquet de marguerites blanches qu'il avait posé sur le siège vide d'à côté.

Alors qu'il imaginait un groupe terroriste férocement armé se lever d'un seul coup et prendre le contrôle de l'avion pour le rediriger vers Beyrouth, ou quelque autre destination exotique dans le genre, Ajatashatru jeta de petits coups d'œil furtifs tout autour de lui, à la recherche d'hommes barbus, enturbannés, affublés d'une grosse ceinture de dynamite. Mais il réalisa bien vite que, dans cet avion, il était le seul barbu enturbanné. Un terroriste. Après tout, c'était peut-être ce que les autres pensaient de lui en ce moment.

S'ils savaient. C'était un seigneur à présent, un vrai maharaja, le turban propret et pimpant pour plaire à sa belle. Riche de ce que contenait son cœur, riche de ce que contenait sa mallette. Et puis il arrivait en France par la grande porte. En avion, de surcroît, un moyen de transport assez original pour cet homme plus habitué ces derniers temps à voyager dans une armoire Ikea, une malle Vuitton et une montgolfière. Ce n'était plus un clandestin malgré lui. La malédiction était enfin rompue. En y pensant bien, il avait eu de la chance. Il avait fait un extraordinaire voyage de neuf jours, un voyage intérieur qui lui avait appris que c'est en découvrant qu'il existe autre chose ailleurs que l'on peut devenir quelqu'un d'autre.

Le jour où il avait aidé le jeune Africain et Wiraj dans le port de Tripoli, il avait donné plus que ce qu'il avait jamais donné dans sa vie. Et pas seulement du point de vue pécuniaire, bien que quarante mille cinq cents euros représentent en soi une somme énorme, une fortune. Il se remémora avec délice la sensation de bien-être qui l'avait envahi à ces deux occasions, le confortable nuage qui l'avait fait léviter bien plus haut que tous les systèmes qu'il avait toujours utilisés pour ses spectacles. Il se demandait à présent qui serait le suivant sur la liste. Quelle personne dans le besoin aiderait-il ?

Le steward annonça que l'avion amorçait maintenant sa descente, qu'il fallait que chacun s'assure que son siège et sa tablette étaient bien en position verticale et que les appareils électroniques devaient être éteints.

Ajatashatru se redressa et plongea ses pieds dans ses chaussures, engouffrant, sans le savoir, une fine lentille de contact qui était restée collée à ses chaussettes lorsqu'il les avait tendrement frottées sur la fine moquette du plancher.

Il avait l'impression de rentrer à la maison.

C'était Marie, la maison.

Il pensa à l'excellent comité d'accueil qui l'attendait à l'aéroport de Paris. Sa petite Française. Pouvait-on rêver mieux ?

Au même moment, une belle Française habillée d'une robe turquoise et de sandalettes argentées montait enjouée dans une petite Mercedes rouge cabossée sur laquelle on avait peint Taxis Gitans sur les portières avant et de laquelle s'échappait un air de guitare entraînant des Gipsy Kings.

— Aéroport Charles-de-Gaulle, s'il vous plaît. Les arrivées. Je vais chercher quelqu'un qui atterrit dans une demi-heure en provenance de Tripoli. C'est en Libye. Le pays en guerre. Enfin, le pays qui était en guerre.

Le chauffeur opina du chef pour dire qu'il avait compris, qu'il n'avait pas besoin de tant d'explications. C'était un gros bonhomme avec une touffe de poils poivre et sel qui sortait du col de sa chemise noire. Ses doigts boudinés, ornés de bagues en or, agrippaient le volant avec fermeté comme s'il s'attendait à tout moment à ce qu'il se fasse la malle.

Sur le tableau de bord, une licence de taxi parée d'une photographie en noir et blanc indiquait que l'homme s'appelait Gustave Palourde, qu'il était Gitan pur souche et que son numéro était le 45828.

— C'est pour quoi les bouquets aux portières ? demanda Marie.

Le voyage sera long, pensa Gustave, qui imaginait déjà sa cliente équipée d'une fermeture Éclair indienne sur la bouche.

— Je marie ma fille demain, dit-il agacé.

Et ses doigts entamèrent un solo de castagnettes sur le volant.

— Félicitations ! s'exclama la femme d'un ton enjoué. Vous devez être sacrément fier et content !

Le conducteur hésita un instant.

— C'est un bon parti, oui.

— Oh, ne dites pas cela, monsieur. Voyons, votre fille se marie par amour. On ne peut que s'en féliciter, n'est-ce pas ?

— Chez les Palourde, on ne se marie pas par amour, madame, mais par intérêt. L'amour, ça vient ensuite. Ou ça vient pas...

— Et vous travaillez jusqu'au dernier moment ! remarqua Marie pour emmener le conducteur vers un terrain moins vaseux.

— Il faut bien gagner de l'argent pour payer la nouvelle caravane dans laquelle le couple va s'installer.

— Je comprends, répondit la Française qui ne comprenait pas.

Comment des gens pouvaient-ils camper toute leur vie, et ce volontairement en plus ?

C'était dur à comprendre pour elle qui ne s'était jamais rabaissée à dormir ailleurs que dans un bon grand lit, même pas sur un canapé.

— D'où est le marié ?

— Espagnol.

— D'où ?

— Il est de Barcelone, répondit Gustave, agacé, puis il enchaîna avant que la femme ne lui pose une autre question. Il va venir vivre ici, en région parisienne, dans notre communauté. C'était l'accord. Généralement, c'est la femme qui suit le mari, mais chez les Palourde, c'est les femmes qui décident ! Et moi. Le gamin vient d'une grande famille gitane de Barcelone. Je suis content que nos sangs se mêlent.

— Un mariage mixte, dit Marie en regardant la route, pensive. Le mélange, c'est tellement beau. Justement, à ce propos, la personne que je vais chercher à l'aéroport n'est pas française. C'est mon fiancé (elle n'eut pas le sentiment de mentir, juste d'anticiper un peu). Il est Indien. Avec un peu de chance, un jour nous ferons aussi un beau mariage mixte…

Qu'est-ce qu'il lui prenait de penser des choses comme ça ? De dire des choses comme ça ? Les inconnus avaient vraiment la primeur des confessions d'autres inconnus.

Marie continuait de fixer un point imaginaire sur la route en face d'elle, quelque part entre les deux sièges avant. Elle s'imaginait avec Ajatashatru, dans un beau sari, entourée de couleurs vives et de pétales de roses que l'on aurait jetés au sol sur son passage. Une vraie princesse.

— Indien… répéta le conducteur, lui aussi pensif. Pour vous être sincère, madame, je n'ai pas une grande affection envers les Indiens.

Disant cela, Gustave lâcha le volant de sa main droite pour venir caresser l'Opinel au manche d'ivoire qui ne quittait jamais la poche avant de son pantalon.

— J'en ai connu un de pas recommandable du tout, ajouta-t-il. Un voleur. Et je peux vous dire que si nos chemins se croisent à nouveau, il passera un sale quart d'heure, croyez-moi…

— Oh, il ne faut pas généraliser, ils ne sont pas tous comme cela, dit Marie qui se retint de préciser que les gens pensaient la même chose des Gitans. Le mien est un honnête homme, vous savez ? Un écrivain.

— Un écrivain ? répéta le taxi qui n'avait jamais rien lu qui ne contînt pas une carte détaillée des rues de Paris.

— Ce sera un honneur pour moi de vous le présenter. En arrivant à l'aéroport, vous m'attendrez, si cela ne vous dérange pas, ainsi je n'aurai pas à prendre un nouveau taxi pour Paris, et vous connaîtrez Ajatashatru. J'ai hâte de vous le présenter. Il vous fera changer d'opinion sur les Indiens, vous verrez.

— Je ne demande que cela, ma p'tite dame.

La Mercedes fleurie roulait à vive allure sur l'autoroute. Autour d'elle, le soleil se couchait lentement, inondant d'une teinte orange les arbres et les bâtiments.

Le chauffeur de taxi se tapa le front d'un grand coup, puis il regarda sa montre.

— Finalement, vous savez quoi, cela tombe bien que vous alliez à l'aéroport. J'ai justement mon cousin Gino qui arrive de Rome. Je ne pensais pas pouvoir aller le chercher. Il vient pour le mariage de ma fille. C'est lui qui la coiffe.

Gustave s'abstint de dire que son cousin tenait le salon Coiffeur pour Rome (prononcez *Coiffeur pour hommes*), devenu, sous la bombe de peinture de jeunes gitanophobes, Coiffeur pour Roms. Les incultes ne faisaient même pas la différence entre un Gitan d'origine espagnole et un Gitan roumain ou bulgare.

— Si cela ne vous dérange pas, continua le conducteur, pendant que vous irez chercher votre ami, j'irai chercher Gino et puis on se retrouve tous après à la voiture. Qu'en dites-vous ? Cela ne vous dérange pas de partager le taxi avec mon cousin ?

— Oh que non ! s'exclama Marie ravie. Bien au contraire ! Plus on est de fous plus on rit !

Elle ne croyait pas si bien dire.

***

CHAPITRE TROIS

Alors que Devanampiya venait de s'effondrer, foudroyé, sur les dalles froides et humides de la prison, Walid demanda à un prisonnier ce qui était en train de se passer et apprit que son ami était mort.

Walid avait donc pleuré. (J'ai vérifié l'information, les aveugles pleurent bien.) Il avait versé toutes les larmes de son corps et de son cœur cette nuit-là. Et l'on avait entendu ses sanglots jusque chez lui, en Afghanistan.

Il venait de perdre un ami, le seul ici, et il venait de perdre de nouveau, avec lui, la vue. Et dans ces conditions, la prison allait vite redevenir un enfer.

***

CHAPITRE QUATRE

Lorsque Walid se réveilla cet après-midi-là, il était entouré de trois médecins. S'il n'avait pas été atteint de cécité, il aurait pu voir que les murs gris et sales de sa cellule s'étaient changés en d'éclatants murs blancs. Le sol était si propre que l'on aurait pu manger à même les dalles. Un peu partout, du matériel médical donnait plus l'impression d'être dans une chambre d'hôpital que dans une cellule.

L'aveugle tenta de se redresser mais une main l'en empêcha en même temps qu'une grosse voix lui parlait dans une langue qu'il ne comprenait pas mais qu'il identifia comme étant du cinghalais.

Lorsqu'il voulut demander ce qui se passait, il s'aperçut qu'il avait un tube dans la bouche qui l'empêchait de parler.

De nouveau, une suite de sons incompréhensibles lui ordonna de ne pas bouger et de ne pas faire d'effort.

Walid resta couché sans poser de questions, l'esprit tourmenté par la situation confuse, jusqu'à ce que, quelques heures plus tard, un interprète afghan soit dépêché à son chevet.

Le contact entre les médecins et le malade put alors se faire.

— Comment vous appelez-vous ?

— Walid Nadjib.

— Bien, dit le médecin comme s'il vérifiait quelque chose qu'il savait déjà.

— Je suis le docteur Devanampiya. Savez-vous où vous vous trouvez en ce moment ?

Devanampiya ? La stupeur envahit les yeux morts de Walid. Il ne comprenait pas. C'était peut-être un nom commun après tout.

— En prison, bredouilla-t-il.

— En prison ?

Apparemment, c'était une mauvaise réponse.

— Vous êtes au Colombo Military Hospital, l'hôpital militaire de Colombo.

— Et qu'est-ce que je fais ici ? demanda Walid affolé. Suis-je malade ?

Il se rappela la mort foudroyante de son ami de retour de promenade. Allait-il subir le même sort ?

— Vous êtes le seul survivant d'un attentat terroriste. Une forte explosion s'est produite dans l'avion dans lequel vous veniez d'embarquer. Un 747 à destination de Londres. Selon toute vraisemblance, un kamikaze a réussi à passer le filtre des contrôles de sécurité avec une charge explosive assez puissante. Lorsqu'on vous a retrouvé, au milieu des débris, vous étiez en piteux état, je peux vous le dire. Vous êtes dans le coma depuis deux mois et nous pensions vraiment que tout était terminé pour vous. Mais voilà que vous vous êtes réveillé il y a quelques heures. C'est un miracle, si vous voulez mon avis. L'un des attentats les plus meurtriers de ce siècle. Deux cent dix-huit morts. Un seul survivant.

L'aveugle eut beau forcer sa mémoire, il ne se souvenait de rien. Ou plutôt, ses souvenirs n'étaient en rien conformes avec ce que venait de lui raconter le médecin, comme s'il avait vécu une vie parallèle jusqu'alors. Ses souvenirs à lui, c'était les policiers qui l'avaient arrêté à peine le portique franchi, c'était la prison de Colombo, c'était Devanampiya. Mais il apprenait maintenant que tout cela n'avait été que le fruit de son imagination, une simple invention de son esprit durant une longue période de coma. Il apprenait, de la bouche de gens qui ne se doutaient de rien, et encore moins d'un pauvre aveugle ayant survécu à un attentat terroriste, qu'il avait réussi sa mission. Pourquoi il n'était pas mort alors que la charge explosive était dissimulée dans sa canne blanche, cela, il n'en avait pas la moindre idée. Peut-être un steward l'en avait-il débarrassé le temps de l'aider à entrer dans l'avion puis avait oublié de la lui redonner. Quoi qu'il en soit, Walid mit cela sur le compte de sa bonne étoile et en pleura de joie, démontrant par là qu'un aveugle pouvait pleurer.

***

Impossible, se dit Ajatashatru, impossible de terminer le roman comme cela. Je ne peux vraiment pas achever ce livre d'une façon si horrible. Le meurtrier ne peut pas triompher. Cette fin a beau être plus originale que celle d'avant, elle n'en reste pas moins mauvaise, très mauvaise, et surtout immorale. L'immoralité était un concept nouveau pour lui.

Il fit une boule des trois feuilles de papier qu'il jeta dans le seau en ferraille qui se trouvait sous la table. L'écrivain en herbe ne connaissait pas les ficelles pour composer un bon récit, mais dans le peu de livres qu'il avait lus ne traitant pas de prestidigitation, il avait remarqué que les histoires, si noires fussent-elles, si dures fussent-elles, se finissaient généralement par un happy end, une note d'espoir. Un peu comme si le récit avait été un long couloir obscur et la fin une grande lumière blanche.

Peut-être n'arriverait-il tout bonnement jamais à réécrire la fin de son roman. Peut-être ne méritait-il pas les cent mille euros qu'on lui avait donnés et la confiance qu'on avait déposée en lui.

Cette histoire de l'aveugle terroriste, il n'avait aucune idée d'où il la sortait mais cela ne lui ressemblait pas, du moins cela ne lui ressemblait plus. Il voulait lui aussi donner de l'espoir, ne fût-ce que par respect pour ces belles personnes qu'il avait croisées tout au long de son aventure. Ces hommes, ces femmes, Blancs, Noirs, Sophie, Wiraj et les autres, ils avaient tous en commun un immense cœur. Et pourquoi ne pas raconter ce fabuleux voyage qui l'avait changé à tout jamais ? C'était une histoire vraie au moins, pas une invention. C'était SON histoire. Celle qui avait fait de lui ce qu'il était maintenant. De plus, elle avait l'avantage de bien se terminer. Il avait trouvé une femme et une nouvelle famille, le vrai happy end, quoi. Exactement le genre de lumière qui inondait de mille rayons un récit après le long tunnel noir de sa vie.

Il réfléchit à un titre, croyant que c'était ainsi que l'on commençait un roman. « Que penses-tu de *L'extraordinaire voyage du fakir qui était resté coincé dans une armoire Ikea* ? » se demanda-t-il à voix haute comme si le petit chien de la soute d'avion avait été là, témoin de la création de son nouveau livre. Il l'imagina aboyer trois fois pour l'encourager.

Ce titre résumait bien son histoire. Celle d'Ajatashatru Lavash Patel, homme du monde, ex-fakir oriental, nouvel écrivain occidental, l'homme qui avait découvert l'Europe d'une drôle de façon, dans une armoire, une malle, une montgolfière, un bateau et un tapis mécanique.

Il réfléchit quelques instants.

Lorsqu'il trouva enfin la première phrase de son nouveau roman, *Le premier mot que pro-*

nonça l'Indien Ajatashatru Lavash Patel en arrivant en France fut un mot suédois, il jeta un coup d'œil par la fenêtre et sourit de toutes ses dents, de ce sourire satisfait qu'ont les grands hommes lorsqu'ils savent qu'ils sont en train d'accomplir de grandes choses. Puis, il se passa la main sur le gros pansement qui lui couvrait les côtes, souffla profondément et sortit de la caravane.

La musique des guitares, des cris et des castagnettes lui sauta aux oreilles. Un instant, il crut revivre éveillé le cauchemar qui l'avait ébranlé en Italie. Il se revit transformé en vache (sacrée), rôtir au bout d'une pique avec son cousin changé en tomate cerise, et tourner au-dessus du feu au rythme des Gipsy Kings. Quelle horreur !

Il s'appuya contre la porte de la caravane. Son cœur allait sortir de sa poitrine.

— Qu'est-ce que tu faisais ? lui demanda une princesse indienne qui s'avéra être Marie habillée d'une tunique verte.

Soulagé de ne pas être une vache (sacrée) rôtie à point, Ajatashatru lâcha la porte, prit appui sur le bras de sa belle et avança vers la foule multicolore. La décharge publique s'était animée tout d'un coup.

— Rien, j'écrivais. J'ai eu une idée d'un coup, et je voulais l'écrire avant de l'oublier.

— Aujourd'hui, on n'écrit pas, c'est la fête !

Disant cela, la belle Française l'embrassa, lui prit la main et dansa quelques pas de flamenco. À côté d'eux, une jeune Gitane blonde habillée en robe de mariée rose bonbon claquait les talons en bois de ses chaussures sur une table.

Au même moment, un gros homme ventru lâcha sa guitare, se leva et vint en direction de l'Indien. Lorsqu'il fut assez près de lui pour que personne ne l'entende, il lui glissa à l'oreille :

— Allez, sans rancune, *Attache-ton-taureau-La-Vache*. J'espère que tu ne m'en veux pas trop pour le coup de couteau.

Il posa sa main sur le flanc de l'Indien. Sans une glacière à la main, Gustave Palourde n'en restait pas moins menaçant.

— Mais n'oublie pas notre accord, *payo*. Si tu ne m'avais pas promis que tu amuserais les enfants avec tes tours de fakir, même ce beau billet de 500 euros que tu m'as donné ne m'aurait pas empêché de te transformer en passoire indienne, tu le sais…

Comme Marie le regardait, à quelques pas de là, à la fois heureuse et un peu éméchée, insouciante en tout cas, Ajatashatru se crut obligé de sourire. Il chercha les enfants du regard, respira profondément et pénétra dans la foule.

Quatre mois seulement après le mariage heureux (car il avait plu à verse) de Miranda-Jessica et Tom Cruise-Jesús, Ajatashatru demanda la main de celle qu'il aimait au terme d'un dîner romantique au Métamorphosis, une vieille péniche ancrée sur la Seine reconvertie en restaurant-cabaret qui proposait des spectacles de magie. Avec la complicité de l'illusionniste local, un homme qui avait tourné avec les plus grands de ce monde et dont les photos étaient placardées un peu partout sur le bateau, il fit apparaître la bague de fiançailles dans un petit mouchoir de soie indienne qu'un papillon automate aux ailes jaune et bleu apporta en volant jusqu'à Marie et déposa délicatement sur son épaule. Le remake indien d'un tour de 1845 du magicien-horloger Robert-Houdin.

Durant le repas, et avant que la Française ne découvre avec stupéfaction le joli solitaire caché dans le mouchoir, les deux amants avaient partagé un bout de leur intimité, du moins par la pensée, avec leurs proches et leurs nouveaux amis.

Sihringh et les quatre cousins favoris d'Ajatashatru, soit par ordre de préférence, Jamlidanup, Vachasmati, Rhibbasmati et Pakmaan, à qui ils envoyaient régulièrement des nouvelles, projetaient de venir prochainement leur rendre visite dans leur joli petit appartement de Montmartre. Peut-être resteraient-ils et deviendraient-ils tous agents immobiliers à Paris. La tour Eiffel était toujours à vendre, après tout.

Le succès planétaire du livre d'Ajatashatru avait permis à Wiraj de retrouver la piste de l'Indien exilé. Il lui avait écrit une lettre dans laquelle il le félicitait et le remerciait encore pour son geste. Avec cet argent, ils avaient construit une école dans son village et sorti plusieurs familles de la pauvreté et de la faim. Les mouches, elles, étaient restées. Il n'y avait rien à faire contre cela.

Maintenant que Sophie Morceaux savait le fin mot de l'histoire, elle n'en voulait plus à son ami qui avait pris un jour ses jambes à son cou avec une mallette pleine d'argent sans lui dire au revoir. Les deux amis partageaient désormais le même agent, Hervé, qui transpirait toujours autant des mains.

Ajatashatru n'était plus seulement un homme qui écrivait des histoires. Ayant rapidement pris le goût d'aider les autres, drogué au nuage de plaisir qui le faisait léviter haut dans le ciel lorsqu'il menait à bien ses bonnes actions, il avait créé avec Marie, et ce grâce aux importants droits d'auteur récoltés par son livre, une association qui accueillait et venait en aide aux plus nécessiteux.

Émus par ce qu'avait vécu Ajatashatru dans le poids lourd à destination de l'Angleterre, les designers d'Ikea s'étaient mis à plancher sur un modèle inédit d'armoire munie d'un WC et d'un kit de survie. Ce serait sans nul doute leur meilleure vente dans les prochains mois à la frontière gréco-turque.

Enfin, les amoureux parlèrent du dernier naufrage en date, de cette embarcation de fortune qui avait disparu avec soixante-seize migrants à son bord quelque part entre la Libye et l'Italie. Plusieurs hélicoptères de la Guardia di Finanza survolaient en ce moment même la Méditerranée à la recherche du bateau. Malgré les efforts des secouristes, on ne le retrouverait jamais, ni lui, ni le corps sans vie de ce jeune Somalien de dix-sept ans, Ismaël, qui s'y était embarqué un matin, plein d'espoir, après qu'Allah lui avait envoyé un signe en déposant à ses côtés le billet de 500 euros qui lui avait permis de payer sa traversée.

Pendant ce dîner aux chandelles, huit cent cinquante-quatre clandestins tentèrent de traverser illégalement les frontières des « beaux pays » et profiter eux aussi de cette merveilleuse boîte de chocolats. Seulement trente et un y parvinrent, la peur au ventre lorsque le camion ralentit mais ne s'arrêta pas.

À ce jour, officier Simpson n'a découvert aucun autre clandestin dissimulé dans une armoire Ikea. Peut-être est-ce parce que son supérieur hiérarchique, après avoir lu le roman d'Ajatashatru Lavash Patel et appris son innocence, a promu Rajha Simpson garde-barrière sur les docks du port de Douvres. L'activité quotidienne la plus notable du policier est désormais le lancer de quignons de pain dur aux mouettes, qu'il souhaite rapidement voir devenir une discipline olympique.

Bien entendu, Marie a dit oui.

Agenouillé devant elle, Ajatashatru a glissé la jolie bague de fiançailles à son doigt. Puis il s'est redressé et l'a embrassée d'un baiser long et passionné sous une pluie de sourires et d'applaudissements. Quelques jours plus tard, un grand couturier indien du passage Brady prenait les mesures de la Française pour lui confectionner un somptueux sari rouge et or. La voiture qui l'accompagnera de Montmartre au temple hindou, elle, est déjà prête. C'est une vieille Mercedes rouge, légèrement cabossée à laquelle on a accroché une batterie neuve de casseroles Ikea que l'on entendra tinter jusqu'aux lointaines dunes étoilées du désert tharthare.

Mise en pages :
Patrick Leleux PAO
14730 Giberville

Imprimé en France par CPI
en septembre 2018

Dépôt légal : septembre 2018
N° d'impression : 2037739
ISBN : 978-2-36559-207-9